KB266931

오후 5시

쉼표 하나

오후 5시 쉼표 하나

초판 발행   2026년 2월 27일

지은이   허 광 호
펴낸이   노 용 제
펴낸곳   정은출판

출판등록   2004년 10월 27일 제2-4053호
주소   04558 서울시 중구 창경궁로 1길 29 (3층)
대표전화   02-2272-9280, 8807
팩스   02-2277-1350
이메일   rossjw@hanmail.net
홈페이지   www.je-books.com

ⓒ 허광호, 2026
ISBN 978-89-5824-531-5 (03810)
값 20,000원

오후 5시
쉼표 하나

허광호 지음

젊은출판

허광호

1952년 서울에서 나고 자랐다
경복중·고등학교와 건국대 무역학과를 나왔다

38년 동안 LG와 LIG계열사에서 일했다
CEO로 은퇴하며 은탑산업훈장을 받았다

전원생활을 꿈꾸며 한국방송통신대 농학과를 나오고,
은퇴 후에 성균관대에서 철학박사(유교철학) 학위를
받았다
2018년부터 글을 쓰기 시작하여 수필가로 등단하였고,
현재 한국문인협회 등 문학단체에 참여하고 있다

논문《권근의 천인심성합일사상 연구》와
공저《7인의 수다, 맛깔나는 술 이야기》가 있다.

출간의 변

　그사이 쓴 글들 중 서른 편을 골라 이번에 엮어낸다. 내 삶의 궤적을 담은 글을 고르다 보니 문학적으로 기꺼운 수확은 아니다. 해 저무는 들녘, 그루터기 사이에 남아있는 이삭을 줍는 마음으로 세상에 내놓는다.

2026년 정월
허광호

표지화 : 황수현.　사진 : 허광린

1부

2부

3부

6부

어디서 왔다가
어디로 가는가?

보이던 작가 유진오를 한때 좋아했다.
에 있던 대감댁 별서인 창랑정을 어린
루에 남색 치마 질질 끌며 시끌벅적 잔
한 사연을 나눈 잇다홍 치마의 몸종
시화에 밀려 치
카메라 메고
은 건너편 여
비로소 현실로

교수인 주인공이
고 자그마한 도시였   은 최신 계획도시
으 초록으로 반짝이고 종아리를 드러낸 젊고

법하고 Y는 예상대로
리 (문리대 학생들
있었다. 내가 반갑게
그 녀석 마음속에

아에서 정신없이
교수로 있다는
등창들 모임이
춘천에 떨어
4년마다 새로
것을 때 사건이

신고 거리를 활보한다. 1910년 도시 조선에서
은 신선한 충격을 받는다.

줄거리는 자세히 기억나지
잇다홍 치마의 몸종, 프로펠러
발 드러낸 여성의 모습은
잊혀도 인상 깊은 묘사는
다.

화가에 갈 일이 있었다. 일 끝내고
주말 오후 젊음이 넘치는 거리 분위기가 마음에
커피 한잔하려고 카페에 들렀다. 주변에는 유명
을 몇 층씩 사용하며 성업 중이다. 막 점심시간
들어온다. 김

몇몇을 제외
는 친구가
연락처
게 건강
어났다.
그런데 나
터 거의
성적이었

인터넷

어디서 왔다가 어디로 가는가?

일흔 중반을 맞아 살아 온 흔적을 글로 남긴다. 홀로 왔다가 홀로 가는 게 인생이라지만, 또 어느 시인은 소풍처럼 왔다가는 인생이라지만, 제 혼자 오는 인생이 어디 있겠는가? 누군가 때문에 여기로 왔고 또 내가 여기 왔었다는 흔적으로 남긴 인생이 있다.

80년 봄 5월, 서울역 광장이 온통 대규모 시위로 시끄러웠을 때 나는 그 광장이 내려다보이는 빌딩에 근무하고 있었다. 거기 넥타이 부대도 있었다지만 나는 그저 위에서 내려다본 방관자에 불과했다.

계엄령으로 온 세상이 숨죽인 6월 어느 날, 나는 미아리 성가병원 분만실 앞 복도에서 초조히 담배 피우고 있었다. 내 첫 아이가 막 세상에 나오려 하고 있었다. 집은 구의역 근처였지만 임신 초기 처가에 머물던 아내는 미아 삼거리에 있던 이 병원에 다녔다. 분만은 초산이라 힘들었다. 진통 시작한 지 24시간 지나도록 아이는 나올 기미를 보이지 않는다.

요즘은 남편이 같이 들어가기도 한다지만 그때는 산모와 의료진만 분만실에 있어야 했다. 분만실 앞에서 장모님과 밤을 새웠다. 목이 쉰 산모가 애처로워 의사에게 제왕절개 수술을 해 달라고 사정했다. 가톨릭의대 교수인 주치의는 자연분만이 제일 좋으니 기다리라고 한다. 산모가 건강하니 인위적인 분만 촉진이나 제왕절개는 할 필요가 없다고 한다. 매정한 말에 원망도 했지만, 날을 새고 다음 날 아침 3.8kg의 건강한 아들이 태어났다.

신혼 초 첫 번 임신했을 때 이유 없이 자연 유산이 되었다. 잘못하면 습관성 유산이 될 수 있다고 하여 두 번째에는 몹시 조심하였다. 아내를 처가로 보내고 팔자에 없는 홀아비 생활을 했다. 신입사원 시절이라 주중에는 얼굴도 못 보고 주말에만 처가에 가서 견우직녀 상봉하듯 했다. 석 달 뒤 다시 집에 온 아내에게 매일 우유 0.5리터, 굵은 사과 한 알, 삶은 달걀 두 개, 수육, 추어탕 등 산모에게 좋다는 건 열심히 준비해 주었다. 다행히 산모는 입덧도 없이 잘 먹어 몸무게가 20kg 이상 늘어났다. 그 덕에 아이가 우량아로 나와 출산할 때 고생했다.

2년 뒤 둘째도 같은 병원 같은 의사에게서 태어났다. 둘째는 훨씬 쉽게 순산하였다. 3.3kg였으니 제 형보다 작았지만, 성인이 된 지금 제 형보다 키도 몸집도 더 크다. 옛말에 아이는 작게 낳아 튼튼하게 기르라는 말이 있었다는데 그 말이 맞나 보다.

그렇게 두 아이가 우리에게, 아니 이 세상으로 왔다.

내가 몸담았던 회사는 일 년에 한 번 그룹 회장에게 그해 실적과 다음 해 계획을 보고하는 행사가 있었다. 그 행사를 컨센서스 미팅이라고 불렀다. 기획팀장이었던 나는 그 행사 실무 책임자였다. 거의 한 달에 걸쳐 그 미팅을 준비하는 작업이 이루어진다. 95년 가을 일주일에 서너 번씩 회사에서 날밤 새우며 준비했다. 10월 중순 어느 날 핵심 임원 몇 명과 대표가 회장단들과 컨센서스 미팅을 가졌다. 나도 그 자리 맨 끝에 앉아 있었는데 다행히 미팅은 순조롭게 끝났다.

그날 오후 회사로 돌아온 대표가 전사 모든 임원에게

회장단 지시사항을 공유하는 디브리핑을 하고 있었다. 구석에서 졸다 깨다 하고 있는 나에게 회의장 밖에서 쪽지 하나가 전달되었다. "어머니 위독, 급히 귀가 바람" 아직 휴대전화가 보급되기 전이니, 집에서 회사로 전화한 모양이었다. 내 직속 임원에게 쪽지를 보여 주고 황급히 회의장을 빠져나왔다.

지난 2년간 어머니는 신장염으로 서너 차례 중환자실 신세를 지고 있었다. 속옷과 셔츠를 가지고 회사에 온 아내에게 병세가 좋지 않다는 말은 들었지만 이렇게 급히 닥칠 줄은 몰랐다. 부랴부랴 집에 도착하니 어머니는 이미 돌아가신 후였다. 나는 임종도 못 했고 아내와 막내 여동생이 돌아가시는 모습을 지켜보았다. 디브리핑 끝난 뒤, 소식을 들은 대표와 임원들이 모두 장례식장에 오는 바람에 문상객 치르느라 혼난 기억이 있다. 위중한 어머니가 계시는데도 밤새워 일한 팀장으로 졸지에 알려졌다. 어느 부사장은 그간 회사 일하며 얼마나 마음 아팠느냐고 말씀하여 나는 몸 둘 바를 몰랐다. 어머니는 돌아가시면서도 그렇게 나를 도와주셨다.

어머니 돌아가신 후 홀로되신 아버지는 삼 년간 내아내 수발을 받으며 지내셨다. 배우자 없이 받는 큰며느리 수발이 편했을 리 없겠지만 평소 말씀이 없는 분이라 별 내색은 하지 않으셨다. 붓글씨도 열심히 쓰시고고향인 회령 친구도 만나고 성당도 열심히 다니셨다.지병으로 고혈압과 협심증이 있었지만 때맞춰 검사와진료를 받아 별 어려움 없는 듯했다.

IMF 위기로 뒤숭숭하던 7월 어느 일요일, 평소처럼아버지는 새벽 미사에 가시고 나머지 식구들은 아침을 먹고 있었다. 아버지께서 가슴 통증으로 미사를 끝내지 못하고 왔다며 들어와 바로 방으로 들어가셨다. 따라 들어가 이불을 펴 드리며 협심증 응급약인 니트로글리세린을 챙겨 드렸다. 대수롭지 않게 여기고 아침을 다시 먹으려는데 통증이 멈추지 않는다며 밖으로 나오신다.

먹던 수저를 놓고 부랴부랴 집 가까운 아산병원 응급실로 모시고 갔다. 관상동맥이 막혔다며 바로 수술을 하자고 한다. 수술 비용도 제법 많이 들고, 수술용 재료는 나중에 종로5가 약국에서 구해 채워야 한다. 집도의가 연세가 높아 수술 후 회복하실 확률이 20% 미만인데 그래도 수술하겠느냐고 오금을 박는다. 부모가 위독한데 어느 자식이 물불 가리겠는가?

수술실 들어갈 때 아버지와 눈 맞추며 "심장 수술은 아산병원이 최고예요. 걱정하지 마세요. 곧 나으실 거예요."라고 말씀드렸다. 아버지는 희미한 미소로 고개만 끄덕이며 안으로 들어가셨다. 그게 마지막이었다. 회복실로 나와서 끝내 회복하지 못하셨다.

나를 이 세상으로 오게 한 두 분이 그렇게 가셨다.

내가 이 세상에 왔다는 것을 증명해 줄 두 아들은 그렇게 태어났다.

어머니 돌아가신 지 며칠 있으면 삼십 년이다. 옛 선조들은 한 세대가 30년 주기로 바뀐다고 믿었다. 이제 내 세대도 저물 때가 되었다. 세계 83억 명 인구, 모두에게 예외 없이 적용될 법칙이다. 내게도 예외일 리 없는데, 매일 잊고 사는 게 우리네 인생이다.

인간은 죽음이 두려워 종교를 만들었다. 난 아직 종교를 믿지 않는다. 대신 모든 것은 자연으로 회귀한다는 믿음을 가지고 있다. 순간순간 죽음을 잊고 살아가지만, 언젠가는 가장 자연스러운 상태로 돌아갈 것을 안다.

과연 어디서 왔다가 어디로 가는가?

1부

닮고 싶은 아버지

길거리 스냅사진을 아시나요?

길거리 캐스팅은 알아도 길거리 스냅사진은 생소할 수 있다. 며칠 전 올림픽공원을 산책하는데 인상 좋은 젊은이가 갑자기 말을 걸어왔다. 손에 든 카메라로 걸어가는 내 모습을 찍어도 되겠냐고 물었다. 바람에 흩날리는 희끗희끗한 장발, 청바지 차림의 분위기를 찍고 싶다고 했다. 고맙기는 하지만 초상권이 있어 어렵겠다고 사양하고 헤어졌다. 멀리서 몰래 찍지 않고 공손히 물어 준 젊은이가 기특했다.

오래된 앨범에 남아있는 아버지 스냅사진 생각이 났다. 1950년대 길거리 사진사들이 지나가는 사람을 몰래 촬영한 후, 그 사진을 강매하기도 했다. 내 부모님 사진첩에는 그런 스냅사진이 몇 장 있는데, 꾸미지 않은 자연스러운 모습이 생동감 있었다. 젊은 시절 아버지가 명동거리를 걷는 사진이나, 어린 나를 안고 고궁을 걷는 사진은 지금 보아도 멋있다. 호리호리한 몸매, 멋진 하이칼라 머리, 통 넓은 새빌로우 양복은 어디 내놓아도 손색없는 멋쟁이 신사다.

함경도 회령 출신 아버지는 49년 무렵 밤에 한탄강을 넘어 월남했다. 전쟁 때 피난 갔다 돌아와 지금 신세계 자리에 있던 미군 PX에서 시계포를 하셨다. 어머니 말씀은 매일 상자에 한가득 돈을 담아오셨다고 한다. 아직 휴전도 안 된 혼란기였지만 어느 분야는 기회의 시기이기도 했다. 내가 태어난 중구 삼각동, 지금 신한은행 광교 영업부 근처에 있던 집도 그때 마련하였다. 그러나 그 절정기를 지나 아버지 장사는 차츰 안되기 시작했다. PX를 그만둔 후 점포는 종로로 신당동으로 급기야는 왕십리로 밀리면서 규모도 작아졌다. 아버지 장사운은 거기까지였다.

가세가 기울면서 집도 삼각동에서 사대문 밖인 신당동으로, 또 안암동으로 점차 시내에서 멀어졌다. 결국 돈암동에서 왕십리까지 셋집을 전전하는 신세가 되었다. 병약하며 신경이 날카로웠던 어머니는 살림이 기울자 아버지에게 바가지를 자주 긁었다. 장남인 나에게도 어려운 살림살이에서 오는 짜증을 내곤 했다. 어머니를 생각하면 애틋하기는 하지만, 남들처럼 순애보 적인 모성을 느끼지 못하는 나는 어찌 보면 불행한 불효자다.

아버지는 달랐다. 어머니 지청구를 들으면서도 웃음

으로 넘기기 일쑤였다. 어렸을 때는 그런 모습이 이해
되지 않았다. 무조건 받아주지 말고 가부장 권위를 내
세우면 집안이 좀 조용해지지 않을까 하는 기대가 있었
지만, 아버지는 큰소리를 내는 경우가 없었다. 자식에
게도 마찬가지였다. 장남인 내가 대학입시에 연거푸 실
패했지만, 별말씀이 없으셨다. 나는 안다. 잘 풀리지 않
는 아버지 삶에서 나에 대한 기대가 얼마나 큰 몫을 차
지했었는지를. 당신 삶 거의 전부를 걸고 계셨을지도
모른다. 아버지가 느낄 실망이 나의 실패보다 더욱 가
슴 아팠다.

장사는 안됐으나 아버지는 항상 책을 잡고 있었다.
나는 아버지가 남긴 사상계 잡지에서 읽은 뜻도 모르는
글과 소설들, 루소 참회록에 나오는 그의 여성 편력을
기억한다. 물론 소년이 호기심 느낄 부분만 골라 읽었
지만 내 독서 습관은 그때 생겼다. 은퇴 후 수필가라는
이름을 달고 사는 뿌리는 아버지에게서 왔다.

어머니 돌아가신 후 아버지는 내 아내 수발을 받으며

삼 년을 더 사셨다. 배우자 없는 며느리 수발이 편했을 리 없을 텐데 한 번도 내색하신 적이 없었다. 내가 IMF 외환위기 회오리 속에서도 임원으로 승진했을 때 누구보다 기뻐하셨다. 중학교 합격 때 말고 그렇게 기뻐하는 모습을 그때 처음 보았다. 비로소 기대에 부응한 것 같아 내심 효도한 기분도 들었다. 그러나 그해 여름 갑자기 세상을 떠나셨다. 급성 심근경색이었다. 부랴부랴 준비한 영정사진에서 아버지는 온화한 미소로 웃고 있었다. 하이칼라 머리는 희게 변했고 숱 많던 머리도 많이 듬성듬성해졌다. 사진 속에서 아버지는 괜찮다 이제

네 어미 곁으로 가련다고. 말씀하는 것 같았다.

이십 대 초반, 나는 아버지처럼 살지 않겠다고 다짐했었다. 장사하더라도 양복 입고하는 시계포 같은 장사는 말고, 시장바닥에서 장화 신고 배추 장수하겠다고 이야기했다. 그 이야기를 아버지 앞에서도 했는지 잘 기억나지 않는다. 하지만 그건 평생 시계포를 하며 만주와 상하이, 그리고 평양과 서울까지 바람처럼 거쳐 온 당신 인생 전부를 부정하는 말이었다. 나는 객기만 있고 철모르는 장남이었다.

재벌회사에서 일했던 나는 다행히 큰 어려움 없이 살아왔다. 오십 대까지는 내 능력이나 노력 때문이라고 생각했었다. 이제 은퇴하고 십여 년 흘러 주변을 둘러보니, 그건 운이 좋았기 때문이었다. 잘한 일도 별로 없는데 어떻게 그런 운이 내게 왔을까? 평생을 자식들 잘되기만 바라고 어려움 속에서도 성실히 살아오신 부모님 덕일지도 모르겠다는 생각이 든다.

기일이 되면 아버지 사진을 꺼내 놓는다. 아버지 삶을 다시 돌아보게 된다. 아들은 아버지를 닮는다는데, 나도 아버지를 닮고 싶다. 얼굴 모습도, 삶에 대한 태도도, 마지막 모습까지도. 한 십 년쯤 지나 아버지 돌아가신 나이쯤 되면 혹시 비슷하게 되려나? 아니 어쩌면 공원에서 만난 그 청년이 내게서 멋졌던 아버지의 모습을 조금이나마 발견해 준 게 아닐까 생각하니 조금 위안이 되기도 한다.

나를 사랑했던 어른들은 떠나고

아직 한낮에는 걸을 때 등 뒤로 땀방울이 맺힌다. 쓰르라미가 귀 따갑게 울고 어쩌다 산비둘기 소리 들리는 성내천 제방길은 텅 비어 있다. 늦은 오후, 50년 넘은 벚나무 숲이 햇빛은 가려주지만, 늦더위까지는 못 막아준다. 가끔 한강 쪽에서 불어오는 선선한 바람이 여름이 끝나감을 일러준다. 붉은 속살을 드러낸 흰 무궁화꽃은 아랍 미녀의 정성 들여 화장한 눈망울 같다. 어린 시절 무궁화가 피면 여름방학이 끝나기 때문에 슬퍼했다. 한 달 내내 새카맣게 탄 채로 놀기만 하다가 그제야 밀렸던 방학 숙제를 몰아서 하곤 했다. 매해 여름을 오류동 외삼촌 댁에서 보낸 그 시절, 무궁화꽃은 반갑지 않은 꽃이었다.

한전에 근무했던 외삼촌은 아직 서울로 편입되기 전 시골인 오류동 변전소 넓은 사택에서 사셨다. 매해 여름방학이면 나와 동생들 그리고 사촌들은 그 집에서 몰려갔다. 평소에 방 두세 칸에 옹기종기 모여 살다가 방학이 되면 이북에 있었다던 넓은 외갓집 가듯 거기로 모였다. 어른들이 이삼일 머물고 서울로 올라가면 우리만의 신나는 여름방학이 시작되었다. 지금 생각해 보면 외숙모님이 참 무던하셨다. 이집 저집 아이들이 열 명이 넘었는데 그 뒷 치다꺼리를 모두 했다. 며칠은 어머니나 이모가 계시기는 했지만 두 분 다 평안도 특유의 거세고 목청도 높은 분이었으니, 올케를 살뜰히 배려해 주는 시누이하고는 거리가 있었을 게다. 오히려 외숙모 처지에서는 어머니나 이모가 빨리 서울로 올라가 주는 것이 상전 모시기에서 벗어 나는 길이었는지도 모른다.

텃밭에서 갓 따온 호박을 넣고 외숙모가 끓여 준 된 장찌개의 맛을 나는 지금도 잊지 못한다. 열 명이 넘는 사촌들이 둘러앉아 먹는 전쟁터 같은 식탁을 피해, 밥그 릇에 된장찌개를 가득 떠 담아 뒤뜰에있는 그네에 올라 앉아 밥을 먹었다. 온종일 변전소 옆 풀밭에서 메뚜기 나 여치를 잡느라 뛰어다녔으니 밥맛은 그야말로 꿀맛 이었다. 좀 더 나이 들어 초등 고학년 때는 동생들이나 누나들과 밖에서 노는 것이 점점 시들해졌다. 대신 조 숙한 내향 소년이 된 나는 다다미 세 장짜리 삼조방 오 시이레 아래 칸에 기대앉아 누나들이 읽던 연애소설을 읽곤 했다. 그곳에서 《학원》 잡지나 조흔파 선생의 《알 개전》 따위 소위 청소년 문학 소설을 읽었다. 어두컴컴

한 벽장 속에서 닥치는 대로 이 책 저 책을 읽다 보니 금방 눈이 나빠져서 사학년 여름방학이 끝날 무렵부터 안경잡이가 되었다.

그때 서울에서는 못해 본 경험을 많이 했다. 외삼촌 따라 안양천에서 낚싯대도 처음 드리워 보았고, 참새 사냥 따라가서 산탄총에 맞은 참새를 줍기도 했다. 개구리 뒷다리를 구워 먹기도 했고 메뚜기를 강아지풀에 하나 가득 꿰어서 볶아 먹기도 했다. 근처 소사에는 복숭아밭이 많아 한여름 뙤약볕 속에 과일을 사러 한두 시간씩 걸어가기도 했다. 그런 날에는 전동펌프로 지하수를 끌어 올리는 변전소 뒤뜰에서 스위치만 누르면 콸콸 나오는 시린 물에 등목을 하기도 했다. 그러나 변전소 뜰에 울타리로 심은 무궁화꽃이 피기 시작하면 그 모든 즐거움은 끝이 났다.

사촌 누나들이 있었지만 남자 형제 중에 맏이였던 나는 특별히 외삼촌의 관심을 많이 받았다. 중학교 입시에 합격했을 때 외삼촌은 마치 내가 고시에라도 된 듯이 기뻐했다. 비록 조카였지만 맏이인 내가 잘 자라서 가문을 빛내기를 기대했었나 보다. 나중 삼수 후에도 원하던 대학에 떨어져 그 기대에는 못 미쳤지만, 그런 관심은 훗날 내가 청년이 된 뒤에도 이어졌다. 처음 혼인하여 아내와 외삼촌 댁에 인사차 들렀을 때 외숙모는 어린 시절 내 모습을 이야기하며 아내를 친정에 온 일가붙이 대하듯 하였다. 자연히 그런 마음은 전달되어 아내도 외숙모를 좋아하였고 우리는 명절마다 인사를 갔다. 사촌들이 슬하를 모두 떠나 두 분만이 사실 때까지 계속되었다. 외삼촌이 돌아가신 후 홀로 사셨던 부지런하고 사려 깊은 외숙모는 작년에 돌아가셨다. 문상하러 간

아내는 사촌 누님 손목을 잡고는 눈물을 흘렸다.

나를 사랑했던 어른들은 그렇게 하나둘 떠나고 이제는 내가 어른이 되었다. 그러나 나는 아직도 그 빚을 하나도 못 갚고 어정거리며 내 한몸 사는 것도 겨우 살아내고 있다.

옛 기억을 떠올리는 동안 어느새 내가 가장 좋아하는 성내천 길 끄트머리에 도착했다. 건너편 구의동 테크노마트 높은 건물과 그 앞 한강이 보이기 시작한다. 양털

구름에 햇살이 빗겨 한강은 붉은 기운을 드리우고 잠실 철교 위로 전동차가 굉음을 울리며 지나간다. 초가을이 다. 이효석은 낙엽을 태우며, 가을은 추억과 감상에만 젖으면 안 되는 생활의 계절이라고 썼다. 그래 이제부터 생활의 계절이다. 더는 추억에 젖지 말고 변함없이 흐르는 강물을 실컷 보았으니 다시 돌아가자. 돌아가서 나를 사랑한 어른들이 기대했던 모습에는 못 미치지만, 욕심을 내려놓고 내 주변을 사랑하며 살아가자.

냉면 그릇과 어머니

어릴 때 자주 먹은 음식을 싫어하는 사람도 있지만 나는 여전히 그 음식을 좋아하고 일부러 찾아 먹는다. 생활이 넉넉지 못하기도 했지만, 혼·분식 장려 정책으로 밀가루 음식을 자주 먹었다. 대표적인 것이 수제비와 국수다. 그중에서도 더 좋아하는 음식은 국수다. 국수나 밥을 선택하라고 하면 지금도 국수를 선택한다. 칼국수나 잔치국수도 좋아하지만, 동치미 국물 국수나 시원한 이북식 김치말이 국수를 좋아한다.

처음 결혼해서 대구 출신 아내는 김칫국물에 만 국수를 무슨 맛에 먹느냐고 의아해했다. 그러나 곧 그 맛에 익숙해져서 한겨울 김장독에서 갓 꺼내 얼음이 서걱거리는 동치미 국물에 만 국수를 별미로 찾곤 했다. 덜덜

떨며 국수 한 사발씩 비우고 둘이 아랫목 이불속에 들어
가는 맛이란! 물론 그 국수는 전적으로 내가 만들어 주
었다. 이북식 동치미에 냉면 말아내는 솜씨는 내 어머
니에게서 배운 맛이었다.

평양시 교외 성천군에서 태어난 어머니는 유명 냉면
집 딸이었다. 한강 양수리처럼 비류강과 대동강 합수부
인 그곳은 풍광이 아름답고, 평양에서 멀지 않아 평양사
람들이 많이 찾던 곳이었단다. 3남 5녀 중 셋째딸인 어
머니는 속설처럼 자매 중 제일 미인이었다고 한다. 그렇
지만 위로 두 언니가 서울로 시집가고 나서 친정아버지
를 도와 오랫동안 냉면집 일을 했다고 한다. 그 일은 마
지 못 했지만, 어머니는 밀가루 국수로도 동치미 국물
냉면을 감칠맛 있게 말아 내주셨다. 운 좋으면 돼지고기
한두 점 올라가는 밀가루 냉면은 겨울에 먹는 별미였다.

평양식 동치미는 무우, 대파, 배를 썰어 넣고 소금물
로만 간을 맞춘다. 처음에는 밍밍한 소금물 같지만, 국
물이 익어갈수록 시원하고 톡 쏘는 맛을 내기 시작하고

한 국자 떠 마시면 갈증이 가신다. 삶아서 찬물에 헹궈 놓은 국수를 담아 동치미 몇 조각 썰어 넣고 심심한 평양 김치도 조금 넣으면 일류 냉면 집 못지않은 냉면이 완성된다. 난 어머니가 담아서 땅에 묻어 놓은 동치미 국물에 약간의 수고로 아내에게 점수를 따곤 했다.

1948년 월남한 어머니는 일찍 서울에 와 있던 큰이모 댁에서 6·25 전쟁을 맞이했다. 용산 적산가옥에서 한강

다리 폭파되는 소리를 들었다고 했다. 경찰 간부였던 큰이모 가족은 나룻배를 구해 한강을 건너가고, 뒤에 남은 어머니는 지하실에 남동생을 숨겨 놓고, 공산 치하를 버텼다. 1·4후퇴 때는 나머지 가족들과 모두 함께 떠나게 되었다. 노량진에서 이모부가 보내 준 지프에 탔는데 정원 초과로 할 수 없이 홀몸이었던 어머니만 영등포에서 내렸다고 한다. 열차 꼭대기에 올라타고 수원까지 가다가 폭격기 오폭으로 여러 사람 죽고 간신히 살아남았다고 한다.

그 혼란 속에 아버지를 만나 두 분이 충청도 부여까지 걸어서 피난을 갔다. 전쟁은 많은 사람을 죽고 다치게도 했지만, 두 분을 만나게 해 준 인연도 되었다. 어머니는 고향에서 혼인한 첫 남편을 몇 달도 되지 않아 폐병으로 잃었다. 친정으로 돌아와 냉면집 일을 돕다가 맺은 두 번째 혼인도 중혼임이 밝혀져 실패하였다. 두 번의 혼인 실패로 몸도 마음도 지쳐있던 어머니는 동생 가족들과 남으로 내려왔다, 스물여덟 늦은 나이에 회령 출신 아버지를 만나 피난길에 살림을 차렸다. 왜정 때

관동군 PX에서 일했던 아버지 역시 공산당 핵심이었던 처남들과 갈등으로 홀로 남하하여 피난하던 중이었다.

서울이 다시 수복된 후 큰이모부 빽으로 남들보다 먼저 서울에 들어 온 아버지는 미군 PX에서 장사하였다. 삼각동에 집을 마련한 부모님은 장남인 내 돌잔치를 성대하게 치렀다. 부모님을 백안시하던 외가 친척들은 그제야 모두 모여 축하해 주고 아버지를 가족으로 받아주었다 한다.

아버지 장사가 잘되던 시기에 주변의 떠받듦을 받던 어머니는 세상이 으레 그런 줄 아셨단다. 그러나 점차 가세가 기울기 시작하자 어머니는 현실에 적응하지 못하고 불만이 쌓여 갔다. 아버지께 자주 바가지를 긁었다. 또 몸이 약해 걸핏하면 아랫목에 이불 펴고 누워있기 일쑤였다. 반갑게 맞아주는 엄마보다 누워있는 엄마를 볼 때가 더 많았다. 신경질적이던 어머니는 자주 야단을 치거나 때로는 손찌검도 하였다. 고등학교에 들어가 완력이 세진 어느 날, 내가 어머니 손목을 부여잡은

후에야 그런 손찌검이 사라졌다. 맞고 자란 나는 어머니에 대한 애틋한 감정을 잘 느끼지 못했다.

두 분 혼인 전 이야기는 어머니 돌아가신 후, 아버지가 막내 여동생에게 이야기해 주어 알게 되었다. 막내도 홀로 가슴에 품고 있다가 얼마 전 어머니 기일에 풀어 놓았다. 그 이야기를 듣고 왜 아버지가 어머니의 그 시끄러운 잔소리와 지청구에도 큰 소리를 안 내셨는지 알게 되었다. 아버지는 한 많은 어머니 삶을 측은지심으로 받아주신 것이다. 장남인 나에 대한 기대가 왜 그렇게 컸는지도 이해되었다. 두 분은 그들의 삶이 헛되지 않았음을 장남인 나를 통해 확인하고 싶었는지도 모른다. 어머니의 혹독하고 모진 매질은 나의 성공을 간절히 바라는 마음의 다른 표현이었다. 또 이북 사람들은 생활력이 강해 무슨 장사라도 한다는데, 왜 어머니는 살림이 어려워도 한사코 냉면집을 안 하셨는지도 그제야 이해되었다.

냉면은 뭐니 뭐니 해도 동치미 국물 냉면이 최고다. 말간 국물에 희끗희끗하고 가느다란 면발만 보이는 냉면을 받아 들면 어머니가 말아 준 냉면이 생각난다. 2025년 올해 내 나이가 딱 어머니 돌아가신 나이다. 오랫동안 어머니와 화해 못 하고 때로 원망하기도 했던 나는, 칠십 넘은 이제야 어머니의 신산했던 삶을 이해하기 시작했다. 내가 그나마 사람 구실하고 살 수 있었던 건 모두 그분들의 헌신과 희생 덕분이다.

냉면 먹다가 그릇에 어머니 얼굴이 겹쳐 보이면 목울대가 올라온다. 허겁지겁 국물 먼저 들이켠다.
그래! 어머니 손맛이 이 맛이었어!

뚝섬 1961

"아이 추워."

나는 이를 부딪치며 아버지가 빌려 놓은 파라솔 밑으로 뛰어 들어갔다. 1961년 국민학교 4학년 여름, 광복절날 뚝섬 유원지에서였다. 그 시절에는 광복절만 돼도 물에 들어가기가 선뜩하였다.

왕십리에서 시계포를 하신 아버지는 일 년 삼백육십오일 쉬는 날 없이 가게를 열었다. 기껏해야 설날과 추석날 정도 쉬던 아버지가 그해 광복절날은 점포를 닫고 우리 형제들과 뚝섬으로 피서를 떠났다. 소년 시절 아버지와 함께한 유일한 피서였다. 수영복도 없이 팬티만 입고 물에 들어갔다 나온 나는 아버지가 잘라놓은 수박을 한입 덥석 베어 물면서 덜덜 떨었다.

박정희 장군이 군사 정변을 일으킨 그 시절, 서울 시민들의 피서지는 한강 인도교 백사장, 뚝섬 유원지, 그리고 광나루 백사장이 전부였다. 뚝섬은 미루나무가 숲을 이루어 자연경관이 좋은 편이었고, 옆에는 보트 놀이를 할 수 있는 선착장도 있었다.

내가 더 어렸을 때도 아버지는 매년 가족들과 꽃 피는 봄이면 나들이를 떠났다. 기억에는 없지만 창경원이나 비원에서 찍은 '단기 49**년'이라고 쓰인 기념사진들이 잃어버린 기억을 채워주고 있다. 어느 해에는 우이동 계곡에도 갔던 것 같고, 또 어느 때에는 어머니와 자문(자하문) 밖으로 자두 먹으러 간 기억도 있다. 그런 가족 나들이는 1961년 광복절 피서가 마지막이었다. 그 뒤로 아버지 장사가 신통치 못해 더는 그런 사치를 누릴 수 없었다.

우리는 돈암동에 살다가 왕십리 시계포에 딸린 살림 집으로 이사 왔다. 돈암동은 그때만 해도 뒤에 야산이 있는 한적한 동네였다. 그에 비해 당시 상왕십리(지금

신당선
010-52
금계 동화사
2234-7872
신빵굼이
MAMMOTH COFFEE
손세문상담 동화사 시범점포
신
당
선
녀
3F

신당 전철역 근처)는 서울 중앙시장에 큰 쌀 창고가 모여 있어 번화한 곳이었다.

금은방과 나란히 있던 우리 시계포는 신당동 로터리에서 왕십리로 나가는 중앙시장 옆 대로변에 자리 잡고 있었다. 지금이야 4차선 도로가 보잘것없어 보이지만, 당시에는 금은방과 시계포가 대여섯 개 모여 있는 큰 상권이었다. 시계포 앞에는 큰 플라타너스가 있어, 가을이면 멋진 낙엽을 떨구곤 했다.

아버지는 매일 왕십리에서 남산 장충단 공원까지 새벽 산책을 다니셨다. 한 시간 거리를 걸어가 장충단 국궁장 밑에 있던 약수터에서 약수를 마시고 맨손체조를 하고 다시 걸어 돌아오셨다. 새벽마다 2시간 반의 아침 운동을 하신 것이다.

아버지가 돌아가신 연세가 87세이니 당시로는 장수하신 편인데, 이런 부지런한 생활이 그 밑바탕이 된 듯하다. 5학년에 올라가니 나를 데리고 다니셨다. 새벽에 졸린 눈을 비비고 일어나 따라가는 건 큰 고역이었다. 유일한 낙이라면 약수터에 도착하면 그곳 노점에서 달

걀프라이를 사주는 것이었다. 그 재미에 따라다녔는데, 6학년에 올라가자 새벽에 공부해야 한다는 핑계로 간신히 면제받았다.

새벽 5시 아버지가 산책하러 나가시면 나도 같이 깨어 공부하곤 했다. 사실은 공부하는 척하다가 꾸벅꾸벅 조는 게 일상이었다. 새벽에 깨면 생달걀에 참기름을 섞어 만든 어머니 비장의 영양식을 매일 먹어야 했다. 날달걀에 어우러진 참기름 냄새는 고소했지만, 그 맛은 전혀 아니었다. 장충단 공원에서 먹던 달걀부침과는 영딴판이었다.

어머니가 옆에 계시니 할 수 없이 숨을 꾹 참고 그 미끌미끌한 영양식을 꿀꺽 삼키는 건 고역이었다. 어머니는 수험생 장남에게 영양식을 건네주고 "공부 열심히 해라" 한마디 남기고는 안방으로 건너가셨다. 건넌방에서 공부하던 나는 부족한 잠에 영양식까지 들어가니 30분도 안 돼 졸기 일쑤였다.

훗날 들은 바로는 그때 어머니는 나뿐 아니라 국민학교 2학년이었던 동생에게도 그 영양식을 먹였다고 한다. 아우는 맛없고 역겨운 참기름 날달걀을 삼키면서 형은 어떻게 저리 잘 먹나 속으로 의아해했다고 한다. 그런 까닭에 우리 형제는 지금도 날달걀을 싫어한다. 나는 달걀로 만든 음식까지 좋아하지 않는다.

1968년 고2 때 친구들과 설악산 무전여행을 시작으로 70년대에는 소위 바캉스 붐이 일어 매년 친구들과 해변이나 계곡으로 피서를 떠났다. 결혼하고 나서도 아이들을 데리고 여름이면 꼭 떠나야 하는 줄 알았다.

아버지와의 여행은 동생 가족과 함께 낙산사를 간 것이 전부다. 내 아이들은 챙겼지만, 어머니 아버지는 거의 챙기지 못했다. 그렇게 자식은 이기적인 존재다. 국내는 물론 해외 유명하다는 곳을 수없이 여행했지만, 1961년 광복절날 아버지와 함께한 뚝섬보다 기억에 남는 여행은 없다. 훗날 내 자식들은 나와 어떤 추억을 가지고 있을까? 점점 아버지 모습을 닮아가는 요즘 아버지가 더욱 그립다.

여름, 아리랑고개를 오르다

여름은 모든 것들을 무성하게 만든다. 초록이 기운차고 그에 따른 생각들도 무언가를 일구어내기라도 할 것처럼 일어난다.

그 영화관의 위치를 확인한 순간 가슴이 뛰었다. 아리랑고개에 있는 독립영화 전용관이다. 나는 초등학교 입학부터 4학년까지 아리랑고개 근방에 살았다. 그곳은 서울 변두리로 전원 분위기가 남아있었다. 떠나고 나서 한 번도 가보지 못한 그곳을 항상 고향처럼 떠올리곤 했다.
망설임 없이 예매하니 영화를 보듯 나의 초등학교 시절이 떠오르기 시작한다.

C초등학교 근처에 내가 살던 동네가 있었다. 동네 뒤

로는 미아리고개까지 이어지는 야산이 있어 우리들의 놀이터가 되어주었다. 나를 포함해 몇 명은 동네 학교에서 좀 떨어진 돈암동 로터리 돈암국민학교를 다녔다. 학교를 마치고 돌아오면 거의 매일 동네 뒷산에 모여 놀았다. 찔레나무 연한 순과 아카시 꽃까지 산에는 먹을 게 많았다. 그때는 웬만한 나무나 풀의 이름은 물론 먹을 수 있는 것을 많이 알고 있었다.

건너편에는 신흥사로 들어가는 계곡이 있었고 그 뒤쪽으로는 정릉 골짜기가 이어졌다. 어느 해 초여름 엄마에게 졸라 도시락을 준비해서 친구들과 정릉 골짜기로 놀러 갔다. 골짜기엔 맑은 계곡물이 흐르고 산 벚나무가 우거져있어 우리가 놀기에 적당했다. 아무도 없으니 발가벗은 채 수영하고 송사리와 가재를 잡으며 놀다 도시락을 먹고 버찌도 실컷 따먹었다. 더 이상 먹을 수 없어 빈 도시락에 하나 가득 버찌를 따서 담았다. 물에서 오래 놀아 춥고 또 버찌 때문에 더 시퍼레진 입술을 보며 서로 깔깔대고 웃었다. 집에 돌아와 엄마에게 자랑삼아 버찌가 가득 든 도시락을 열자 다 뭉크러진 버찌

명랑이발관
이발
이발

와 자주색 즙만 흥건히 있었다.

내 추억의 장소를 둘러보고 싶어 영화 시작 3시간 전에 돈암동에 도착하였다. 먼저 들른 곳은 내가 다니던 초등학교다. 높은 축대 위에 있던 학교를 어렵지 않게 찾을 수 있었다. 축대는 여전히 5층 건물 정도로 높았다. 언덕길을 한 참 올라가야 학교가 나타난다. 오후 반일 때는 뙤약볕 속에 그 언덕길을 오르다 몇 번씩이나 쉬었다. 어느 해 '6·25 기념일' 사이렌이 울릴 때 무슨 영문인지도 모르고 언덕 옆에 바짝 엎드려 있던 기억도 난다. 드디어 운동장이 보인다. 조회가 열리고 달리기도 했던 그 운동장이다. 설레는 가슴으로 찾아왔지만 초라할 정도로 작아 보인다. 교사 뒤쪽으로 돌아가 본다. 지금은 도로가 지나가고 그 뒤편은 모두 아파트단지다. 네 기억 속 야산은 간 곳이 없어 가물가물한 기억을 붙잡고 교문을 나선다.

학교를 나와 내가 걸어 다니던 골목을 통해 동네로 가 본다. 그곳은 서울의 빠른 변화에서 소외된 듯 오래된 분위기가 남아있다. 그런 모습이 내게는 더욱 정겹다.

한옥들도 드문드문 보이고 정원에 나무가 가득한 낡은 이 층 양옥도 있다. 오랜 기억들이 그림책 속의 풍경화처럼 떠오른다.

이 골목이 이렇게 좁았었나. 예전엔 구멍가게가 있었는데 이젠 슈퍼로 변했구나.

살던 동네에 도착하니, 마치 나를 기다리듯 그때의 낡은 목욕탕이 보인다. 타일은 다 떨어지고 페인트도 벗겨진 채 아직도 영업하고 있었다. 그래 기억난다. 이 목욕탕에 다녔지. 아버지의 손에 이끌려 졸린 눈을 비비며, 이른 새벽에 목욕탕 가는 어린 내가 보인다. 그때는 왜 그렇게 새벽에 일어나기 싫었던지, 그리고 아버지! 목울대로 뜨거운 것이 올라온다.

C초등학교가 보인다. 우리 동네는 그 초등학교 맞은편으로 들어가 야트막한 언덕 위에 있었다. 저 골목이다. 반가운 마음에 달음질쳐 그리로 들어간다. 여전히 낮은 구릉은 그대로이다. 올려다보니 언덕에는 천 가구쯤 되는 고층아파트 단지만 보인다. 어디가 우리 집이었지? 금방 찾아낼 것 같았는데…… 저 동 근처인가, 그

옆 동 근처인가. 아파트단지로 들어가 양쪽 동 사이를 걸어본다. 마치 나는 시계추처럼 흔들리며 길 따라 시간여행을 한다.

우리 집에서 나오면 같은 반 상열이네 양옥집이 있었지. 상열이 엄마가 내어 주던 카스텔라가 부드럽고 맛있었는데. 상열이 부모님이 음악을 틀어놓고 춤을 추던 모습을 보고 깜짝 놀라던 기억이 선명하다. 저녁 먹으러 오라고 엄마가 나를 부르는 소리가 저 아파트 귀퉁이쯤에서 들리는 것 같다. 알싸해진 마음으로 한동안 아파트단지 주위를 맴돌다 터덜터덜 아리랑고개 길을 걸어 내려온다.

고갯길도 옛날보다 몇 배는 넓어졌고 주변은 모두 아파트단지로 변해 있다. 고개를 올라오는 차들의 경적이 조금이라도 더 추억을 찾아내려 애쓰는 나를 깨운다. 영화 상영시간이 다 되어 고개 정상에 있는 아리랑 시네센터로 올라간다.

다시 돌아보는 언덕 아래 아파트단지는 내가 살았던 동네를 품고 있다. 그 품에는 초등학생 시절의 나와 가족들과 친구들이 있다. 나는 나의 터전이 으레 거기 있으려니 믿으며 살아왔고 또 앞으로도 나의 믿음은 변함없을 것이다,

멀리 보이는 돈암초등학교가 아득하고 한여름 가로수의 짙은 초록빛이 무성하다.

2부

코트 자락 사이로 오는 봄

1930년대 도회 감성과 지식인 면모를 보이던 작가 유진오를 한때 좋아했다. 대표작 〈창랑정기〉는 당인리 근처 한강에 있던 대감댁 별서인 창랑정을 어린 시절 방문했던 추억담이다. 넓은 대청마루에 남색 치마 질질 끌며 시끌벅적 잔치 준비하던 새댁들, 뒷동산에서 애틋한 사연을 나눈 잇다홍 치마의 몸종은 뿔뿔이 흩어져 지금은 소식도 모른다. 도시화에 밀려 창랑정이 있던 자리는 발전소 건물로 바뀌었다. 옛 추억을 찾아 카메라 메고 들린 소설 속 화자는 망연한 표정으로 회상에 잠긴다. 그의 회상은 건너편 여의도 비행장을 날아오르는 최신식 금속제 여객기 프로펠러 굉음에 비로소 현실로 돌아온다.

다른 작품 〈신경新京〉은 작가 겸 교수인 주인공이 졸업생 취업을 위해 만주 신경(장춘)으로 출장 간다. 초라하고 자그마한 도시었던 신경은 최신 계획도시로 변모했다. 봄을 맞아 가로수 잎은 초록으로 반짝이고 종아리를 드러낸 젊고 쾌활한 여성들이 맨발에 구두를 신고 거리를 활보한다. 1940년 당시 조선에서는 잘 볼 수 없는 모습에 주인공은 신선한 충격을 받는다.

두 작품 모두 읽은 지 오래되어 줄거리는 자세히 기억나지 않는다. 그러나 남색 치마 입고 떠들던 새댁들, 잇다홍 치마의 몸종, 프로펠러의 굉음을 내며 날아오르는 여객기, 종아리에 맨발 드러낸 여성의 모습은 내 머릿속에 그림처럼 새겨져 있다. 이야기 줄거리는 잊혀도 인상 깊은 묘사는 독자에게 선명한 색깔이나 소리, 또는 이미지로 남는다.

며칠 전 토요일 낮, 강남 번화가에 갈 일이 있었다. 일 끝내고 나오니 뒷골목에 젊은이들로 바글거린다. 주말 오후 젊음이 넘치는 거리 분위기가 마음에 들어, 나도 기분이 좋아졌다. 커피 한잔하려고 카페에 들렀다.

주변에는 유명 성형외과 피부과 병원이 빌딩을 몇 층
씩 사용하며 성업 중이다. 막 점심시간이 끝나 안내 데
스크에 근무하는 듯 보이는 젊은 여성들이 우르르 들어
왔다. 스타킹과 초미니로 감싼 다리가 슬쩍슬쩍 보이고

높은 하이힐을 신고 있다. 내 옆에서 주문하는 그녀들은 높고 밝은 음색으로 떠들며 깔깔거린다. 〈창랑정기〉나 〈신경〉에 나오는 득시글대던 새댁들이나 종아리에 맨발 드러낸 신여성 생각이 난다.

우수도 지났으니 이제 곧 봄이다. 내게 봄은 2월부터 시작되는 계절이다. 꽃들이 피어나는 3월보다 2월을 더 좋아한다. 긴 겨울 동안 두터운 외투에 감춰있던 봄이 슬며시 기지개를 켜기 시작한다. 학창 시절 일주일 남짓 짧은 봄방학에는 남산에 있던 도서관에서 소설을 실컷 읽곤 했다. 오후 늦게 도서관을 나올라치면 멀리 보이는 만리동 고개 쪽 하늘은 아지랑이와 함께 연한 보랏빛 노을이 살짝 보였다. 봄 처녀가 거기서 아스라한 구름 사이로 오고 있었다. 바람은 쌀쌀하고 길에는 군데군데 덜 녹은 눈이 쌓여있었지만, 그 시절의 봄은 그렇게 왔었다.

칠십 넘은 지금도 강남 빌딩 숲 뒷골목에서도 봄은 오고 있다. 내 앞에서 커피를 주문하는 그녀들의 하이

톤 웃음소리와 코트 자락 사이로 보이는 미끈한 다리가
잘 어울리는 하이힐과 함께.

왜? 나이 먹은 사람이 체면 좀 차리라고 이야기하고
싶은가? 그러거나 말거나. 봄은 열다섯 내게 보랏빛 구
름 사이로 왔듯이, 흰 머리 휘날리는 지금 그렇게 그녀
들 코트 자락 사이로 내게 온다. 여전히 그 시절처럼 가
슴이 두근거린다. 새봄에 마주할 기회가 멀리서 내게
손짓한다.

초겨울, 찬비를 맞으며

하늘이 어두워지더니 기어이 겨울을 앞당기는 찬비가 내리기 시작한다. 낙엽이 비에 젖어 딩구는 제방길에 사람들이 갑자기 줄었다. 펼친 우산 위로 떨어지는 겨울비 소리가 계절의 느낌을 더욱 짙게 해주고 빗속을 걷는 즐거움을 선물한다. 가끔 미처 우산을 준비 못 한 이들이 서두르며 빗속을 뛰기도 한다. 우산을 씌워주지도 못하면서 찬비 맞아 몸이 상하면 어쩌나 하는 공연한 걱정이 된다. 이럴 때 우산을 나눠 쓰는 광경을 예전에는 흔히 볼 수 있었다. 하지만 이제는 그런 작은 호의조차 서로 마음 놓고 나눌 수 없는 세상이 되었다.

조선 시대 평양기생 한우(寒雨, 찬비)는 찬비 만난 풍류남아 백호 임제에게 원앙침 비취금이 있는 따듯한 아

랫목까지 내어 주었다. 물론 실제 비를 맞은 건 아니고
기생의 이름에 빗대어 넌지시 던진 프러포즈였지만 그
시대에는 그런 낭만이 통했다.

> 북천이 맑다 커늘 우장 없이 길을 나니
> 산에는 눈이 오고 들에는 찬비로다
> 오늘은 찬비 맞았으니 얼어 잘까 하노라
>
> (임제)

> 어이 얼어 자리 무슨 일 얼어 자리
> 원앙침 비취금을 어데 두고 얼어 자리
> 오늘은 찬비 맞았으니 녹아 잘까 하노라
>
> (한우)

　살다 보면 인생에서도 찬비와 같은 시련을 맞는 경우
가 있다. 그럴 때 우산을 씌워주는 사람이나 따듯한 아
랫목을 내주는 은인을 만나기도 한다. 반대로 우산을
나눠주는 사람을 못 만나 그 비를 맞고 감기가 들거나
심지어 폐렴과 같은 병을 얻을 수도 있다. 불과 한두 시

간 뒤의 날씨를 예상 못 해 우산 없이 만나는 겨울비처럼 인생의 찬비도 어느 날 느닷없이 닥칠 수 있다. 예보를 보고 길을 나선 경우라도 누구나 한두 번 쯤은 비를 만나듯이 인생의 시련도 마찬가지라고 생각한다.

나의 인생에도 찬비가 내린 시절이 있었다. 막 마흔 아홉이 되었을 때 다니던 직장에서 예고 없이 해임되었다. 마른하늘에 날벼락이었다. 봉급 대부분을 생활비로 사용하고 저축은 거의 없던 시절이었다. 아직은 젊은 나이라 어떻게든 되겠지 하는 낙천적인 마음은 있었지만 정말 대책이 없었다. 그런 중에도 버킷리스트였던 국토종단 도보여행을 한답시고 지리산 근처를 어슬렁대던 때, 어느 지인의 전화를 받았다. 새로운 일자리에 대한 제안이었는데 인제 와서 보면 그것은 우산을 나눠 씌워준 것을 넘어 따듯한 아랫목을 제공해 준 것이었다 그 지인은 나와 어린 시절 인연이 있었지만, 특별히 친한 사이는 아니었다. 서로 얼굴 정도를 알고 지내는 동네 사람이 빗길에 나를 보고 우산을 빌려준 것에 해당한다. 운이 좋았다.

인생의 행운과 불운도 이처럼 사소한 일에서 나누어진다. 그 시절 우산을 빌려준 이웃이 없었다면 나는 큰 곤경에 처했을지도 모른다. 물론 그 지인에게 그 후 여러 방법으로 고마움을 표현하기는 했지만 직접 되돌려 갚지는 못했다. 빌려서 쓴 우산은 잘 가지고 있다가 갑자기 비를 만난 다른 이웃에게 내미는 게 빚을 갚는 방법일지 모른다. 얼굴도 알 듯 모를 듯한 이웃들에게 신세도 지고, 또 운 좋게 우산을 준비해 왔다면 서로 빌려주며 살아가야 진정으로 살만한 사회가 되는 게 아닐

까? 내가 누리는 행운은 온전히 내 노력만으로 얻은 것
은 아니니까 간혹 운이 없는 다른 이들과 함께 나누는
세상을 꿈꾼다.

어느새 짧은 겨울비는 그치고 파란 하늘이 드러난다.
나는 아무에게도 우산을 나누어 쓰자는 말도 못한 채 커
다란 우산을 접는다.

노르망디에서는 우산을

영화 〈쉘부르의 우산〉을 다시 보았다. 1964년 프랑스에서 제작되었고 한국에는 1965년 개봉되었다. 내가 중학교 2학년 때이다. 더 어렸을 때 대한극장에서 〈벤허〉를 단체 관람으로 본 기억이 있는데 이 영화는 기억이 없다. 찾아보니 중앙극장에서 개봉했는데, 한국에서 첫 흥행은 성공하지 못했다고 한다. 비슷한 때 멜리나 메르쿠리가 주연한, 의붓어머니와의 격정적 사랑을 그린 〈페드라, '죽어도 좋아'〉라는 영화가 흥행에 성공한 것과는 대조적이다. 잔잔한 〈쉘부르의 우산〉은 유럽 문화를 동경하던 젊은 청년들에게 알려지게 되면서 지식인 계층에서는 꽤 유명했다고 한다.

1950년대생인 우리 세대는 종로와 명동에 있던 음악

감상실 〈셀부르〉가 영화보다 더 유명했다. 이종환 DJ가 운영하던 그곳에서 늦가을엔 이브 몽탕의 〈고엽〉을, 눈 오는 날엔 살바토레 아다모의 〈눈이 내리네〉를 신청해서 들었다. 이 영화는 TV를 통해 처음 접했을 텐데 막연히 아름다운 영화였다는 기억만 있었다. 노르망디 해안 항구 쉘부르, 당대 미인 배우 카트리느 드뇌브 정도만 기억나는데, 다시 영화를 보니 모든 대사가 노래로 된 오페라 같은 영화였다. 요란스런 합창과 군무로 이루어진 미국 스타일 뮤지컬과는 격이 다르다. 그래서 이런 영화를 '시네 오페라'라고 부른단다.

미술에 조예가 깊었다는 자크 드미 감독은 이 영화의 배경이 된 거리를 주민 동의를 얻어 파스텔 톤으로 새로 칠했다고 한다. 오프닝에 나오는 포장도로와 색색의 우산은 눈을 번쩍 뜨게 할 정도로 강렬한 색감을 보여 준다. 여주인공이 근무하는 우산 가게는 명품 숍처럼 세련돼 보이고, 어머니역 배우도 우아하고 아름답다. 오히려 카트리느 드뇌브는 청순해 보이기는 하지만, 다른 영화에서 보여 준 야한 어깨를 드러내고 누워있던 특유의 요염미는 없었다. 스토리 자체는 군대 간 애인과 헤어지는 평범한 멜로인데, 여운이 남는 해피엔딩이다. 스토리보다는 영상미와 노래로 더 유명해진 것으로 보인다.

이 영화는 피천득이 예순 넘어 1973년 발표한 수필 〈인연〉에 나와서 더욱 유명해졌다. 〈인연〉은 국어 교과서에도 실렸다는데, 작가의 회상 장면에 아사코의 연두색 우산을 떠올리면 이 영화가 생각난다는 문장이 나온다. 피천득의 대표작인 이 작품은 일제 강점기를 그저 아름다운 추억으로만 그렸다는 비판을 받기도 한다. 어

쨌거나 노작가는 아름다운 추억과 감명 깊은 영화를 연
결하는 솜씨를 보여 준다. 꼭 애틋하지 않더라도 우산
과 얽힌 사연이 누구나 하나쯤 있지 않을까? 물론 내게
도 있다.

대학 시절 어느 여름, 중고생 과외지도 자리를 찾고
있었다. 친구 소개로 가르칠 학생의 누나를 먼저 만나
기로 하였다. 일요일 오후 남산 시립도서관 앞에서 셋
이 만나 가벼운 소개를 나누고, 내 친구는 먼저 갔다. 동
생 신상에 관해 이런저런 이야기를 나누며 둘이 함께 남

대문 쪽으로 걸어 내려왔다. 그 길은 걷는 사람도 많지 않고 가끔 데이트족들이 이용하던 길이었다. 갑자기 소나기가 쏟아졌다. 그녀가 핸드백에서 작은 양산을 꺼냈다. 둘이 같이 쓰기에는 턱없이 작았다. 겨우 나누어 쓰고 남대문 근처 다방에 뛰어 들어가니 둘 다 한쪽 어깨에서 물이 뚝뚝 떨어졌다. 타올을 꺼내주던 다방 마담이 꼭 붙어서 쓰지, 그랬냐고 혀를 찼다. 얼굴이 벌게진 우리는 눈도 못 마주치고 뜨거운 커피로 몸을 녹였다.

연락해 주마고 헤어진 그녀는 그 뒤 다시 연락이 없었다. 아무리 봐도 내가 남동생 과외 선생으로 신통치 않아 보였나 보다. 남자답게 홀로 비를 맞고 그녀만 우산을 쓰게 하던가, 아니면 마담 지적대로 과감히 어깨를 붙들고 내려왔으면 합격했을지도 모른다. 이도 저도 아니고 어정쩡한 내가 마음에 안 들었던 모양이다.

예나 지금이나 용감한 남자가 여인의 마음을 사로잡는다.

영화를 보고 나니 노르망디에 여행하고픈 마음이 생겼다. 어쩐지 쉘부르 해안은 비가 내려야만 좋을 것 같

다. 그것도 주룩주룩 쏟아지면 더 좋겠다. 이제는 얼마든지 우산 쓰지 않고 내 두 어깨를 모두 적실 자신이 있는데…. 근처에 주제가로 이름 날린 영화, 〈남과 여〉의 촬영지 도빌 해안도 있다고 한다. 가슴 아픈 사랑을 추억하는 멋진 영화 기행이 되지 않겠는가! 언제쯤 가볼 수 있을까? 새로운 버킷리스트가 생겼다.

그해 사월은 참 잔인했다

(음악 선생님 시점에서 쓰다)

음악 교사인 나는 드디어 모교에 부임하여 평생 꿈꾸던 소망을 이루었다. 부임 당시 우리 학교 농구부는 전국대회에서 우승과 준우승을 번갈아 하고 있었다. 그러나 응원할 때 응원 구호만 있고 별도로 응원가는 없었다. 음악 교사인 내가 이를 그냥 내 버려둘 수 있었겠나? 나는 직접 작곡할까 하다가 유명한 곡조에 가사만 개조하기로 마음먹었다. 당시 '자이언트'라는 미국영화와 거기 출연한 '제임스 딘'이 유명하였다. 그 영화의 주제곡에 어울리는 가사를 붙여 응원가를 만들었다. 삼월에 모든 반에서 이 응원가를 매주 가르쳤다. 그 후 장충체육관 농구코트에서는 항상 내가 작사한 이 응원가가 울려 퍼지게 되었다.

또 우리 학교는 남성 기질이 강한 전통이 있어서 아이들이 거칠기로 유명하였다. 전국에서 모여든 주먹깨나 쓴다는 녀석들이 서로 주도권 쟁탈전을 벌이느라 일학년 학급은 한시도 조용한 날이 없었다. 심지어 밖에서 우리 학교 뱃지를 단 학생을 보면 동네 깡패들도 건드리지 않는다.고 할 정도였다. 음악 교사로서 나는 정서 순화 책임감을 느끼고 있었다. 그래서 시간만 나면 교정에 있는 '꾀꼬리 동산'에서 야외수업으로 클래식 가곡이나 교향곡을 감상할 기회를 자주 만들었다. 축음기 핸들을 감아 레코드판을 돌리기 때문에 나는 매번 두어 번씩 그 낡은 축음기 핸들을 돌리느라 힘을 쓰곤 했다. 특히 봄에는 '신세계 교향곡' 가을에는 '솔베이지의 노래' 등을 많이 틀어 주었다.

목련이 막 피어나던 봄, 나는 음악실에서 노래를 아이들에게 가르치고 있었다. 먼저 피아노로 반주하면서 곡조를 익히게 하였다. 그다음에는 축음기에 레코드판을 걸고 아이들과 함께 제창으로 노래를 반복하고 있었다. 그때 뒤쪽에 앉은 어떤 녀석이 노래는 안 하고 옆 녀

석과 떠들고 있는 모습이 눈에 들어왔다.

가만히 보니 안경 낀 녀석이 계속 떠든다. 노래를 부르면서 그 녀석 앞으로 다가간다. 녀석은 떠드느라 내가 가까이 가는 줄도 모르다가 앞에 서자 깜짝 놀라 벌떡 일어선다. 화가 난 나는 안경을 벗기고 열 차례 이상 양쪽 귀싸대기를 때린다. 아이들은 놀라서 노래를 멈추고 조용해진다. 순간 너무 이성을 잃었다고 판단한 나는 뺨이 시뻘게진 녀석을 자리에 도로 앉힌다. 선생인 내가 다른 아이들에게 보이면 안 될 모습을 보인 것이다. 재빨리 흥분을 가라앉히고 뒤돌아서서 다시 태연히 노래를 부르기 시작한다. 그러자 아이들도 따라서 다시 노래를 부른다. "목련 꽃 그늘 아래서 베르테르의 편지를 읽노라……."

=================================

(내 시점에서 쓰다)

그렇게 나는 그날 음악 선생님에게 뺨을 얼어맞으며 '사월의 노래'를 배웠다. 처음에는 너무 여러 차례 맞아

서 정신이 없었으나 그다음에는 주위 친구들 보기가 민
망했다. 보통 그럴 때 키득대던 녀석들이 그날은 심각
한 표정으로 노래를 따라 부르는 모습이 좀 우습기도 했
다. 두 뺨이 벌겋게 부풀어 오른 채로 쑥스럽게 그리고
조그맣게 그 노래를 따라 부르면서 '사월은 참 잔인한
달'이라는 시의 구절이 떠올랐다. 그 음악 선생님은 내
뺨을 십여 차례 때린 것으로 그 뿐, 더 이상 나에게 무어
라 말씀이 없으셨다. 그날 입속이 찢어진 나는 그 후 며
칠 동안 뜨거운 음식과 맵고 짠 것을 먹지 못했다.

　지금도 사월의 노래를 부르거나 들을 때면 키 작은 그 선생님이 생각난다, 나이 먹은 지금 나에게 조금이라도 음악적 감성이 남아있다면 그것은 모두 그 선생님 덕분이다. 지금도 살아 계실까?

산사山寺의 종소리처럼

사월에 사나흘 연거푸 꽃 구경 다녀왔다. 멀리 가지 않고 서울 시내와 근처 교외에서 벚꽃과 진달래를 즐겼는데 마침 날씨가 좋았다. 조선 순조 때 병조판서를 지낸 문인 권상신(1759~1824년)은 꽃놀이할 때 날씨를 가릴 필요 없다고 하였다. 그는 빗속에서 노니는 것을 꽃 씻는 일이라 하고, 안개가 자욱할 때는 꽃을 촉촉이 적시는 일이며, 바람이 불 때 노니는 것을 꽃을 보호하는 일이라 하였다. 옛 문인은 날씨가 안 좋은 날도 즐길 만큼 격조와 풍류를 갖췄는데, 그저 평범한 나는 화창한 봄날이 좋았다.

예전엔 벚꽃을 즐기러 쌍계사를 가던가 경주 보문호반을 가기도 했다. 한동안 서울 시내 여의도나 석촌호

수도 벚꽃으로 유명했다. 그런데 지금은 어디나 공원, 제방에 다투어 벚나무를 심어 가까운 곳에서도 꽃을 볼 수 있다. 나도 가까운 아산병원과 잠실아파트 단지 사이 성내천 제방길을 택해 나섰다. 석촌호수보다는 덜 알려졌다고 믿고 나가보니 예상보다 많은 나들이객이 있었다. 나 혼자 오붓하게 즐기겠다는 욕심을 어쩔 수 없이 내려놓게 되었다. 이미 이곳도 꽃 좋다는 소문이 나고 말았나 보다. 감춰 놓은 미인을 들켜 버린 것 같아 살짝 서운하지만 어쩔 수 없는 노릇이다.

　　1970년대 중반 청년 시절, 잠실에 살았던 나는 성내천 제방 공사 현장을 기억한다. 한강으로 흘러가는 자연 하천을 정비하고 제방에는 십 년생쯤 돼 보이는 가느다란 벚나무를 심고 있었다. 어느 봄날 막 공사를 끝낸 제방에 올라서니, 멀리 성내천 상류 구불구불한 시골길에 버스가 먼지를 날리며 다니는 모습이 보였다. 지금 오륜동과 둔촌동, 대규모 아파트단지가 빼곡히 서 있는 곳이다. 갓 심어 놓은 벚나무에는 꽃들이 겨우 몇 송이만 듬성듬성 피어 볼품이 없었다. 이제 세월이 50년 넘어 흘러 그 벚나무들이 제방 위에 꽃 터널을 만들고 있으니 뭉게뭉게 핀 꽃을 보려고 구름처럼 사람들이 모여들었다.

　　내 연구실과 가까워 평소 성내천 제방을 산책길로 많이 이용하고 있다. 꽃피는 계절 아니면 숲으로 우거진 제방길에는 거니는 사람이 많지 않다. 가끔 근처 아파트 주민이나 아산병원에 볼일 있는 사람들이 지나다닐 뿐이다. 북적거리는 사람들을 헤쳐가며 병원 근처에 도착했다, 몇몇 환자들이 보호자가 미는 휠체어에 앉아 밝은 표정으로 사진을 찍는다. 그들의 환한 미소를 보고 있자니, 몇 년 전 장모님과 함께 꽃놀이한 사연을 글로 쓴 문우가 생각난다. 그도 휠체어에 모시고 꽃놀이하였는데, 장모님이 혼잣말처럼 말씀하셨다고 한다.

"참 곱고 예쁘다. 내가 내년에도 이 꽃을 볼 수 있을까?" 장모님은 그해 가을을 못 넘기고 세상을 버리셨다고 한다. 그 후로 그 문우는 벚꽃의 화려함이 오히려 슬퍼 보인다고 했다. 나보다는 훨씬 다감한 사위였나 보다.

옛시인도 지나가는 봄을 아쉬워하며, 병들어 봄꽃을 즐기지 못하는 신세를 한탄하는 시를 지었다.

　　　　삼월 삼짇날 벗 권중범에게

　　　　　　　　　　　(석북 신광수 지음, 의역 허광호)

　　　삼월 삼짇날 온갖 꽃들이 새로 피니
　　　남산 밑 그대 집은 봄이 가득하겠지요
　　　하늘하늘 아지랑이 도성에 가득하고
　　　줄지어 피어나는 꽃 어느님께 주시려나
　　　사방의 봄 풍광엔 애써 고개 돌리고

해 넘겨도 병든 몸 약을 끊지 못한다네

남쪽 성곽 옛 놀던 일 꿈만 같아

백발로 저녁 강가에서 바라만 봅니다.

三月三日 寄 權仲範

(石北 申光洙 1712~1775)

三月三日雜花新。紫閣君家正耐春。

搖蕩游絲多九陌。留連芳草與何人。

風烟萬里空回首。藥物經年不去身。

南郭舊遊渾似夢。白頭吟望暮江濱

나 또한 꽃 꺾어 건네줄 숨겨놓은 님은 없지만, 옛 시 한 수가 내 마음을 울린다.

아직은 건강할 때, 좋은 추억 만들며, 벗과 즐기라는 권유로 새기며 다시 걷는다

바람이 분다. 꽃잎이 바람을 타고 진눈깨비처럼 흩날린다. 사람들이 일제히 탄성을 지른다. 흩날리는 꽃의 아름다움을 표현하는 산화散華라는 표현은 이제 젊은 이의 안타까운 죽음을 표현하는 말로 바뀌었다. 얼마나 아쉬우면 꽃처럼 진다고 했을까? 그 아쉬움은 동백꽃도 유명하다. 선운사 동백 떨어지는 모습을 보려고 일부러 찾기도 한다. 반면에 벚꽃은 화려하게 피었다가 어느 날 갑자기 서둘러 떨어진다.

만약 인생이 동백처럼 후드득 지거나 혹은 벚꽃처럼 바람 따라 스러진다면 어떨까? 어떤 이는 깔끔한 그런 삶을 그리기도 하겠지만 나는 아니다. 아무리 화려해도 어느 순간 덧없이 떨어지고 나면 너무 허무하지 않을까? 나는 질 때 지더라도 산사山寺의 종소리처럼 여운이

길게 남는 삶을 살고 싶다. 욕심이 너무 많은가? 가는 뒷모습이 아름다워지려면 지금 매일 매일을 꽃처럼 가꾸어 나아가야겠지. 긴 여운을 남기며 아름다운 끝마침을 보이는 꽃은 어디 없을까?

3부

팬티만 입고 튀어

얼마 전 미국 시카고 살던 K가 직장암으로 세상을 떠났다. 그는 중학 때부터 단짝 친구였다. 입학식 끝나고 배정된 반에 모였을 때 키 순서로 번호를 정했다. K는 나보다 컸는데 내가 몰래 뒤꿈치를 들어 짝꿍이 되었다. 알고 보니 집 동네도 비슷하여 더욱 친해졌다. 귀공자 타입의 그는 말수가 적고 얼굴에서 좋은 비누 냄새가 났다. 다른 학교 교장 선생님이었던 그의 아버지와 대학생 형님도 모두 우리 학교 선배였다.

우리는 학교 도서관에 늦게까지 남아있곤 했다. 부모님은 아들이 도서관에 남아 열심히 공부 한다고 믿고 계셨다. 없는 살림에도 저녁값과 용돈을 보태 주셨다. 학교 공부는 뒷전이고 책을 자유롭게 볼 수 있는 개가식

도서관에 있던 문학 전집이나 청소년 위인전 따위를 닥치는 대로 읽으며 보냈다. 도서관 바로 앞에는 수영장이 있었다. 자주 이용할 수는 없었고 체육 시간에만 단체로 수영을 할 수 있었다. 개구쟁이 우리에게 일주일에 한두 번인 체육 시간은 너무 아쉬웠다. 그렇지만 개별 수영은 금지되어 있었다.

한참 소설책을 읽다가 밤 8시가 넘으면 슬슬 꾀도 나고 장난치고 싶은 생각이 들었다. 어느 날 싫다는 친구를 꼬드겨 개구멍을 통해 수영장에 들어갔다. 체육 시간에는 오륙십 명이 바글거리며 수영했지만, 밤에 들어가니 고즈넉했다. 은은한 달빛이 비치는 적막한 수영장은 신비롭고 포근한 느낌이었다. 달빛 속에서 발가벗고 맨몸으로 하는 수영의 맛은 해 보지 않은 사람은 모른다. 얼마나 시원하고 감미롭던지!

학교 정문 숙소에 있는 소사에게 들키지 않게 소리죽여 도란도란 이야기 나누며 수영을 즐겼다. 한두 번 몰래 한 수영에 간이 커진 우리는 점점 대범해졌다. 도란도란이 두런두런으로 바뀌고, 급기야는 낄낄거리며 웃기까지 했다. 아니나 다를까 삐익 호각 소리와 함께 "어느 놈이냐! 거기서 뭐 해!" 하는 소리가 울려 퍼졌다.

"야 소사다! 걸렸다"

"빨리 도망쳐!"

"옷 입어야지!"

"팬티만 입고 튀어!" 친구와 나는 호각 소리와 반대 방향으로 도망쳤다. 그 뒤로 개구멍이 막힌 수영장에는 다시 들어가지 못했다.

중학 2학년에 올라가면서 같은 동네에 사는 Y가 함께 어울렸다. 우리는 자연스레 또래 집단이 돼서 매일 하교를 함께하고 동네에서도 툭하면 만났다. 고등학교 때까지 매일 어울려 다닌 우리는 졸업 앞두고 사진관에 가서 마지막 교복 입은 사진을 남기기도 했다. 건들거리며 다혈질이었던 나를 K는 신중하고 속 깊게, Y는 쾌활한 너털웃음으로 잘 받아주었다. 툭하면 삐치기도 했던 나는 친구들 덕에 외롭지 않게 학창 시절을 보낼 수 있었다.

　친구들은 대학입시에서 모두 원하던 대학에 들어갔다. K도 동숭동에 있던 대학에 들어가 대학천 다리를 건너다녔다. 반면 집이 어려워 학비가 싼 국립대학에 가야 했던 나는 세 번이나 실패한 후 2차 대학에 들어갔다. 장학금도 못 받고 겨우 한 학기 마치고 여름방학을 맞았다. 2학기 등록이 막막해진 나는 6월에 월부책 장사를 다단계 판매방식으로 전개했지만, 겨우 등록금 절반밖에 모으지 못했다. 자포자기한 나는 일찌감치 휴학 원서를 내고, K와 Y를 꼬드겨 보름간 전국 일주를 했다. 모자란 돈은 허세로 가득 찼던 내가 월부책 장사 수입으로 부담했다.

휴학 후 빈둥대는 내 사정을 눈치챈 K 어머니 소개로 중학생 가르치는 과외 교습 반을 만들었다. 수학을 잘했던 K 때문에 아이들이 제법 모였고, 나는 거기 빌붙어 영어를 가르쳤다. 반년 후 아이들 성적이 제법 올라 입시에서 좋은 성과를 내자, 학부모들이 탐내는 과외반이 되었다. 나 때문에 시간을 냈던 K는 빠지고, 돈이 궁했던 내가 전담 과외 교사가 되었다. 아등바등 학비를 벌어야 했던 나는 어떨 때는 두 개 교습 반을 운영해, 4년 내내 학비나 용돈 걱정 없이 보냈다. 그렇지만 항상 시간이 부족해 마음 놓고 돈 쓸 여유는 없었다. 단골 소줏집에 친구들이 외상 달아 놓으면 어쩌다 내가 가서 정리해 주곤 하였다.

대학을 졸업한 다음 나는 운 좋게 재벌회사에 들어가, 서울역 앞 빌딩에서 걸핏하면 밤샘하며 치열하게 지내고 있었다. K는 전공을 살려 화학 회사 연구원으로 들어갔고, Y는 서울시 공무원으로 눈코 뜰 새 없이 일했다. 연구원으로 있던 K는 우리 둘과는 다른 세상을 살고 있었다. 회사에 잘 적응이 안 돼 힘들어했고 평소보다 술 먹는 양이 늘어났다. 이십 대 후반 막 사회에 자리를 잡던 시절이라 예전처럼 자주 보지는 못했지만, 서로의 모습을 바라보며 어깨를 두드리곤 했다. 가끔 만나면 우리는 "K야 피하려 하지 말고 정면으로 부딪쳐! 돌파해!"라고 도움도 되지 않는 말을 던지곤 했다.

1980년대 초반 K는 재미교포 2세 처자를 만나 결혼하여 시카고로 건너갔다. 서울 생활의 불만이 미국이민을 결심한 계기였다. 결혼식 사회를 내가 봤는데, 신부는 미국대학 MBA를 하고 대기업 관리직으로 근무하고 있었다. 그가 혼인 생활을 잘 할 수 있을까 은근히 걱정되었다. 내성적인 그에게 낯선 미국 생활은 쉽지 않아 보였다. 비슷한 시기 Y도 결혼하여 미국 엘 에이로 갔다. 졸지에 제일 친한 친구 둘이 모두 이민을 가게 되어 서울에는 나만 남게 되었다.

삼십 대에 막 들어선 시기였다. 회사 일도 가정도 여유 없던 시절이라 처음에는 외로울 시간도 없었다. 그러나 사십이 되고 오십이 되자 진짜 속마음을 꺼내 놓을 친구가 아쉬웠다. 대학 동창이나 직장동료는 있었지만, 내 형편을 시시콜콜 아는 친구는 없었다. 내 약점까지 알고 보듬어줄 친구는 없고 그저 형식적인 관계만 늘어났다. 친구가 죽자 거문고 줄을 끊었다는 중국 고사 정도는 아니더라도 아름다운 우정은 주변에서 종종 볼 수 있다. 얼마 전 가수 송대관이 죽자 태진아가 나와 노래 부르다 눈물 흘리는 장면을 TV에서 보았다. 금아 피천득과 치옹 윤오영의 아름다운 사귐도 널리 알려져 있다. 치옹은 글을 쓰면 금아에게 항상 읽어주고 평을 듣고 싶어 했다고 한다. 윤오영 수필 〈비원의 가을〉에 그런 우정이 잘 표현되어 있다.

그런 친한 친구가 곁에 없어서 나는 외롭게 중년을 보냈다. 그 둘이 곁에 있었다면 인생 후반전이 훨씬 풍요로웠을 것이다. 가끔 회사 일로 출장을 다녀도 LA 쪽으로만 갔고 시카고 쪽은 잘 가지 못했다. 그런 탓에 어쩌다 Y는 보았지만, K는 거의 만나지 못했다. 통신 사정도 지금처럼 좋던 시절이 아니라 전화도 자주 나눌 수 없었다. K는 십여 년에 한 번씩 서울에 들르곤 했는데

그리 밝은 얼굴은 아니었다. 나도 사느라 바빠 큰 관심을 주지 못했다. 지금 생각하면 후회된다. 그의 어머니가 어디 사시는지 건강하신지 챙기지도 못했다. 그 어머니 덕에 무사히 학교 다녔는데도 나는 내가 잘나서 그런 줄 착각하고 있었다.

2024년 여름, 은퇴 후 오랜만에 미국 여행을 하게 되었다. 먼저 시카고에 들러 K를 만나고, 둘이 같이 LA에 사는 Y를 만나 함께 캘리포니아 해안을 여행하고 싶었다. 호텔에서 같이 묵으며 오랜 회포를 풀고 싶었다. 연

락이 잘 안 되던 K는 아들을 만나러 영국에 머물고 있다
는 소식이었다. 할 수 없이 캘리포니아 여행은 Y하고만
하고 돌아왔다. 닷새 동안 Y가 운전하는 차를 타고 다
니며 우리는 쉴 새 없이 떠들었다. K 이야기도 많이 나
누었다. 그러나 얼굴을 보지 못해 못내 아쉬웠다. 다음
에 기회가 되면 내가 다시 가던가, 그가 오면 좋겠다고
막연히 생각했다. 커다란 오산이었다.

2025년 봄이 끝나갈 무렵, 처음에는 K가 직장암으로
위독하다는 소식이 왔다. 그런데 며칠 안 돼 바로 세상
을 버렸다는 소식이 들이닥쳤다. 빈소엔 Y 혼자 허겁지
겁 다녀왔다. 다녀온 Y가 '이 미국 땅 어딘가에 같이 있
다는 사실로도 힘이 되었었는데….'라는 글을 올렸다.
그 글을 읽으며 빈소에도 가지 못한 나를 뒤돌아보았
다. 나 역시 그 녀석과 같은 세상에 살고 있다는 것이 커
다란 위안이었다.
　바보 같은 녀석! 그 녀석도 나도 둘 다 바보였다. 시
간은 우리를 기다려 주지 않았다.

인마! K야! 병마가 쫓아오면 도망쳤어야지!
그때처럼 팬티만 입고 튀었어야지!

지금이라도 용서받을 수 있을까

Y는 춘천에 있는 대학 국문과 교수였다. 얼마 전 그가 지병으로 일찍 세상을 버렸다는 소식을 뒤늦게 들었다. 그의 딸이 아버지의 글을 모아 전집을 출간했다는 소식과 함께 전해진 소식이다. 나와는 중 고교 동창으로 학교에서 친밀하지는 않아도 서로 호의를 가지고 지냈었다.

그를 눈여겨보게 된 계기는 중2 가을이다. 창덕궁 후원에서 개최된 백일장에 '고궁의 가을'을 주제로 산문을 낸 나는 입선에도 들지 못하고 떨어졌다. 3학년 문예반 선배가 '장원'을 하고 나머지도 거의 선배들 몫이었다. 그중 유독 Y가 시 부문에서 '차상'을 차지했다. 그의 시를 읽어보니 시상이나 표현이 내가 다다를 수 없는 차원의 경지였다. 재주 없음을 깨달은 나는 문예반 활동이 점차 시들해져 고등학교 때 변론반으로 옮겼다.

변론반은 신입 때와 학년이 올라갈 때 선배들에게 엎드려뻗쳐 몽둥이를 맞는 전통이 있었다. 역도반 밴드반과 함께 교내에서 군기(?)가 센 특활반으로 유명했다. 선배를 만나면 교내든 외부에서든 큰 목소리 구령과 함께 거수경례를 해야 했다. 몽둥이 세례도 큰 구령으로 남의 이목을 끄는 것도 그때는 모두 자랑스러워했었다. 거들먹거리는 성향에 얼굴에 여드름이 가득했던 나는 점점 불량기가 늘어났다. 자연 문예반이나 원예반 등 정적인 활동을 하는 친구들을 우습게 보는 치기가 생겼다. 더구나 문예반에 남아있는 친구들에게는 묘한 호승심이 있었다.

고등학교 2학년쯤 학교 교정에서 그와 시비가 붙었다. 고등학생이 된 그가 내게 대들었을 리는 없고 내가 먼저 시비를 걸지 않았나 싶다. 평소에 호감을 느끼던 내가 그날은 웬일인지 심술이 났었나 보다. 인상을 쓰며 거친 말투로 겁박했다. Y는 내가 평소와 다른 모습을 보이자 어쩔 수 없이 내게 잘못했다고 말했다. "다시 한번 그러면 국물도 없다!" 거칠게 오금을 박고 어깨를 으쓱이며 돌아섰다. 그 뒤론 그와 서로 말을 섞은 기억이 없다.

고등학교를 졸업하고 Y는 예상대로 국문학과에 입학했다. 가끔 문리대 친구를 만나러 미라보 다리 (문리대 학생들은 그렇게 불렀다) 근처에 갔을 때 한두 번 얼굴을 본 적이 있었다. 내가 반갑게 인사하면 그는 약간 어정쩡한 얼굴로 나를 대했다. 이미 그 녀석 마음속에 나란 인간은 상종 못 할 인간으로 분류되어 있었나 보다.

30대 서로 다른 분야에서 정신없이 보내고 있을 때 그가 시인으로 등단했고 춘천에 있는 대학에 교수로 있다는 소식을 들었다. 40대가 되면서 어느 정도 기반을 잡기 시작한 동창들 모임이 근무하는 지역이나 업종을 중심으로 활발히 있었다. 그러나 Y는 춘천에 떨어져 있고 나와는 직종도 다르다 보니 거의 만날 기회가 없었다. 3~4년마다 새로 발간되는 동기 주소록에서 근황을 어렴풋이 알 따름이었다. 어렸을 때 사건이 가끔 찔리기는 했지만, 시도 열심히 쓰고 교수 생활도 잘하고 있겠거니 생각했다.

예순 근처가 되면서 출세한 몇몇을 제외하고는 대부분 은퇴하거나 아니면 두 번째 직종에서 근근이 버티는 친구가 늘었다. 자연히 동기 주소록에 직장 및 직업란은 없어지고 주소나 휴대폰 연락처 위주가 되었다. 모임의 대화도 무슨 일을 하고 있는지가 아니라 어떻게 건강을 유지하는지 중심으로 바뀌었다. 하나둘 세상을 버리는 친구들이 늘어났다. 동기회 단톡방에 먼저 간 친구를 아쉬워하는 글이 도배되고는 했다. 그런데 나는 Y의 부고를 본 기억이 없다. 알코올 의존증이 깊어져 50대 중반부터 거의 십 년을 투병하다 갔다고 하니 동기들하고도 연락이 없었나 보다. 내성적이었던 그가 사회생활에서 쌓인 스트레스를 술에 의존해 풀지 않았나 싶다.

Y의 전집 출간 소식을 듣고 바로 인터넷 서점을 뒤졌다. 그의 막내딸이 아버지가 다닌 국문학과 박사과정생으로 있으며 그의 작품과 유고를 정리해 700쪽이 넘는 전집을 펴낸 것이다. 망설임 없이 그 전집을 주문했다. 알코올 의존증인 아버지에 대해 서운함과 안타까움이 가득한 딸의 글을 제일 먼저 읽었다. 대학 졸업 후 한 번도 얼굴을 보지 못했던 Y의 전 생애가 갑자기 내게로 다가왔다. 전집 맨 마지막에는 Y가 중2 때 입상했던 시 〈고궁〉이 실려 있었다.

중2였던 Y의 앳된 모습과 나에게 겁박당했던 착한 심성의 그가 떠올랐다. 어쩌면 술 아니면 감내하기 어려웠을 생애의 고단함은 고등학교 시절 그때 시작되었을지도 모른다.

"Y야 그때 미안했다. 너무 늦었지만, 이제라도 용서
해줘"

내 인생의 훼방꾼

고3 올라와서 3월에 본 첫 모의고사가 끝났다. 시험 후 첫 시간은 국어 시간이었다. 국어 선생님은 출석을 확인한 다음에 "이 반에 허광호가 누구냐?" 물으셨다. 내가 손을 들자 "한 번 일어나 봐"하셨다. 엉거주춤 일어 났다. "자네가 이번 모의고사 국어 성적이 전교에서 제 일 좋아"하고 말씀하셨다. "이야 저 녀석이 그렇게 국어 를 잘했어?" 같은 반을 처음 하는 친구 녀석들이 소리를 질렀다.

내가 다니던 고등학교는 고3 첫 번 모의고사가 몹시 어렵기로 소문이 났었다. 첫 모의고사에서 점수가 안 나오고 충격을 받아야 이후 더욱 열심히 공부한다고 믿은 선생님들 덕분이다. 너무 어려워서 10점 정도밖에

안 나오는 학생들도 종종 있었다. 전교 수석 전 과목 평
균 점수가 50점 또는 40점 수준이었다. 일반학생들은
보통 20점대에서 놀곤 했다. 모의고사 성적은 일 학기
말부터 조금씩 오르기 시작해서 이 학기가 되면 정상적
으로 되었다. 우리는 오르는 성적으로 자신감을 회복하
곤 하였다. 그런 첫 모의고사에서 나의 국어 성적은 60
점이 넘었으니 뛰어난 성적으로 전교 국어 수석을 한 것
이다.

그날 오후에 수학 선생님이 들어오셨다. "허광호가 누구냐?" 하고 또 물으셨다.

내가 일어나니 내 얼굴을 한번 쓱 쳐다보시더니 다른 말씀은 없이 "알았다 앉아라."라고 만 하셨다. 아무것도 모르는 같은 반 녀석들은 "또 저 녀석이 수학 1등 했나? 그렇게 공부 잘하던 녀석은 아니었는데" 하고 수군거리기 시작했다. 그러나 나는 알았다. 그 모의고사에서 내 수학 점수는 달랑 3점이었다. 480명 전교생 중에서 내가 제일 꼴찌였다.

수학이 내 평균 성적을 깎아내린 것은 그때가 처음은 아니었다. 거슬러 올라가면 산수 과목부터 시작되었다. 초등학교 삼학년 새 출석부 내 이름 옆에는 연필로 동그라미가 처져 있었다. 나 말고도 열대여섯 명 이름 앞에 똑같이 동그라미가 있었다. 처음에는 "이게 무슨 표시지?" 하고 의아하게 생각했다. 나중에 알고 보니까 이학년에서 구구단을 다 못 외우고 올라온 지진아 표시였다. 새 담임은 골치 아픈 산수 지진아를 별도로 관리하셨다.

삼사 월에는 선생님께서 방과 후에 별도로 그 지진아들에게 구구단 외우기를 계속 시켰다. 잘 외워서 통과한 아이는 그 동그라미를 지우셨다. 유월쯤 되자 대여섯 명 정말로 문제아들만 남았다. 나는 그때까지도 그 애들 속에 남아있었다. 그 후에는 담임도 남은 아이들에게 구구단 외우기를 시키지 않으셨다. 포기하신 것이다. 그렇게 나는 일찌감치 산수 포기자가 되었다. 그렇다고 영원히 구구단을 못 외우지 않았다. 언젠지 모르지만, 구구단은 저절로 외우게 되었다.

어쨌거나 그 이후도 산수나 수학은 지긋지긋하게 내 인생을 따라다녔다. 중학교 입시에서는 산수 때문에 원하는 중학에 못 가고 다른 중학에 갈 수밖에 없었다. 그 뒤 대학입시에서도 세 번이나 떨어지고 2차 대학에 갔다. 항상 수학 과목이 말썽이었다. 수학 공식들 뿐 아니라 화학 원소주기율표도 마지막까지 외우지 못했다. 대학 전공을 정할 때도 상과대학 중에서 수학 없는 무역학과를 선택할 정도였다. 다른 전공에는 〈경제 수학〉, 〈경영 수학〉 과목이 있으나 무역학과에는 〈무역 수학〉이 없었다.

줄기차게 따라다니던 내 인생의 훼방꾼은 대학입시를 마지막으로 사라졌다. 수학이 없는 전공과목은 식은 죽 먹기였다. 대학 졸업 후 회사 입사 시험은 전공과 영어로만 시험을 치렀다. 그때는 산업화 시기라 들어갈 수 있는 회사는 넘쳐났고 얼마든지 골라 갈 수 있었다. 경영자로 보낸 회사생활에서도 수학이나 수학적 사고방식은 거의 필요하지 않았다. 오히려 국어 과목에서 배운 문장력이 요구되었다. 일상생활에서 덧셈과 뺄셈은 필요했다. 그러나 두 자릿수 넘는 곱셈이나 나눗셈을 머릿속으로 할 일은 거의 없었다. 하물며 인수분해나 삼차 방정식을 풀 일은 20세 이후 내 인생에서 단 한 번도 없었다.

내 동창 중에 나와 반대되는 친구도 있었다. 그 친구는 수학 성적은 좋았는데 유독 영어 성적이 좋지 않았다. 결국 영어가 거의 필요 없는 전공을 선택하여 박사학위를 받았고 지금 그 분야 석학으로 제법 이름을 날리고 있다. 우리 사회는 중 고등학교 시절 모든 과목을 골고루 다 잘하는 종합형 수재를 요구한다. 그러다 보니 미술이나 음악에 재능이 뛰어난 아이도 좋은 대학에 가려고 필요 없는 노력을 하게 된다. 요즈음은 과거보다 좀 나아진 것 같지만 아직도 많이 남아있는 폐단이다.

나는 지독하게 특정 과목을 편식하는 학생이었다. 그래서 일찌감치 수학 포기자가 되었고 인생 초반에 조금 고전했다. 그러나 수학, 그 녀석은 내 인생을 결정적으로 훼방 놓지는 못했다. 어쩌면 그 덕분에 내가 좋아하는 공부에 더 매진하게 되었는지 모르겠다. 수학은 훼방꾼이 아니라 응원군이었나 보다

응 그래…, 그렇구나…

　횡단보도 신호가 한 번 더 바뀌도록 그 자리에서 높은 나뭇가지를 올려다본다. 한결 선선해진 날씨에 일찌감치 길을 나섰다. 집 앞 커피숍에서 커피 한 잔 주문해 들고 플라타너스 그늘을 따라 걸었다. 넓은 사거리에 다다랐다. 한 아름도 넘는 잘생긴 나무 아래서 신호를 기다린다. 나무를 올려다보며 '너 참 잘 자랐다. 대견하다' 속으로 말을 나눈다. 어느 때는 밑동을 두 손으로 어루만지며 '더 잘 자라거라' 하고 소리를 내서 응원하기도 한다.

　나는 오래된 플라타너스 가로수를 좋아한다. 예전 서울에는 플라타너스가 많았다. 어린 시절 왕십리에서 신당동 가는 초등학교 등굣길에 가로수는 온통 플라타너스였다. 그러나 최근에 많이 없어졌다. 너무 빨리 자라 전선과 얽히기도 하고, 간판을 가린다고 마구 잘라 전봇대처럼 흉측하게 서 있기도 했다. 잘 모르는 사람은 가지가 울퉁불퉁하고 껍질도 얼룩덜룩한 못생긴 나무로 알기도 한다. 그러나 파리 샹젤리제나 런던 버킹엄궁 앞 잘생긴 나무가 플라타너스인 걸 보면 그건 아니다. 성장이 빠르니까 넓은 공간이 필요하고 잎이 넓어 잘 전지해 키우면 멋있는 나무다. 길이 좁고 빌딩이 많은 종로나 을지로 같은 도심에서는 기어코 나무를 베어내고 다른 나무로 바꾸기도 하였다. 다행히 우리 동네에는 여전히 많이 남아있다.

양재대로 변 송파구에 사는 나는 매일 걸어서 몽촌토성역 앞으로 출근한다. 양재대로를 통해 올림픽공원까지 가고, 거기서 공원 옆 한성백제로를 따라 걷는다. 왕복 10차선으로 서울에서는 드물게 별도 구획된 녹지대가 펼쳐있다. '서울시 선정 걷기 좋은 길'인 이곳에는 플라타너스가 많이 남아있다. 수령은 50년 이상 돼 보이는데 한 아름이 넘는 나무도 있다. 늦은 가을에 낙엽이

인도 위를 흩날리기라도 하면, 이브 몽탕이 부른 '고엽'
이라는 샹송이 들려오는 착각에 빠지기도 한다. 그럴
때는 서울 같은 아름다운 도시에 살고 있음에 감사드리
며, 사람 드문 길을 음미하듯 걷는다.

　오늘도 그런 마음으로 이십 미터는 되어 보이는 나
무 아래 도착했다. 몇 년 전 이 나무도 가지치기를 당했지만 심하지는 않아 어느새 무성한 잎으로 우거져있다. 눈썰미 있고 솜씨 좋은 조경사를 만나 잘 자란 나무는 아주 듬직했다. 굵은 둥치와 무성한 잎을 펼치고 있는 나무를 올려보니, 내가 존경하는 직장 대선배 생각이 났다. 언제나 모두를 따듯하게 품어 주던 그 선배처럼, 잘 자란 플라타너스는 넉넉한 그늘을 만들어 주고 있었다.

내가 수석부장으로 있던 90년대 중반, S 사장이 우리 회사 대표이사로 부임하였다. 몇 번의 정리해고로 회사 분위기가 어수선할 때였다. 회계사 출신에 젊은 시절 일 잘하고 깐깐하기로 소문 난 분이었다. 기획팀장인 나는 사장을 매일 만나야 하는 직책이라 그 소식을 듣고 몹시 긴장했다. 보름에 걸쳐 각 부문, 각 공장 업무보고가 진행되었다. 질문은 예리했지만 의외로 질책은 많지 않았다. 오히려 조곤조곤 개선 방향에 대해 토의하는 분위기였다. 사장은 목소리도 높이지 않았지만 독특한 언어 습관이 있었다. 그것은 "응, 그래…, 그렇구나…"였다. 습관처럼 말끝마다 붙여 썼다.

그 뒤로도 내가 업무보고 들어가면 사장은 "응! 그

래…, 그렇구나…"를 반복했다. 다른 사장처럼 "그래서!", "왜?" 이런 말은 좀처럼 쓰지 않았다. 30년 여러 회사를 돌며 경영을 한 분이라 모르는 업무가 거의 없을 텐데, 마치 처음 알게 된 것처럼 "그렇구나…" 하면서 고개를 끄덕이는 거였다. 전임 사장들을 모시며 무섭게 혼난 일도 있던 나로서는 새로운 경험이었다. 이런 태도는 다른 임원이나 부서장들에게도 마찬가지였다. 처음에 굳어있던 회사 분위기가 몇 달 지나지 않아 바뀌기 시작했고 덩달아 실적도 좋아졌다.

사장은 경영이 아무리 어려워도 정리해고는 하지 않았다. 오히려 사람을 아끼고 사기를 북돋아 주었다. 직원 성장을 위한 다양한 교육 프로그램을 만들었다. 반년 가까운 영어 연수 과정이 있었는데, 나도 그 덕에 캐나다 연수를 갈 수 있었다. 사장 직속 스태프인 팀장을 반년씩 교육 보내는 건 어려운 일이다. 그러나 본인이 젊었을 때 영어 익힐 기회가 없어 아쉬웠었다고, "자네는 아직 젊으니까 열심히 해"라며 보내 주었다. 주로 과장들을 위한 과정이었는데 굳어진 머리로 문장 외우느라 고생은 했지만, 내 영어 실력은 결국 기대만큼 늘지는 못했다.

교육은 회사 내부 인원에만 국한된 게 아니었다. 30년 전인 그때 그룹 최초로 모든 과장급 배우자를 위한 2박 3일 교육을, 주말 동안 돌아가며 실시했다. 그룹 연수원 아니면 특급호텔에서 과장 부인들이 최고 대우를 받으며 교육받았다. 과정 첫머리에 사장이 직접 참석해 가정이 편해야 일도 열심히 한다며 격려 인사를 했다. 끝날 때는 각자 남편이 근무하는 곳에 직접 가 남편 자리에 앉아 보는 퍼포먼스도 했고, 그날 식당에는 당연히 특식을 준비했다. 어느 과장 부인이 울면서 소감 발표했던 기억이 지금도 생생하다.

삐죽삐죽 돋아나는 가지를 잘 정리해 멋진 나무로 키우듯, 사장은 많은 인재를 키워냈다. 내 선배나 동료들이 그 시절 여러 명 임원으로 승진하였고 훗날 그중에서 대표로 오른 인물들도 나왔다. 그전까지 그룹 내 큰 회사에서 임원들이 옮겨 왔었는데 이때부터 내부 승진자

가 많아졌다. 설사 누군가 실수를 하더라도 바로잡거나 만회할 기회를 주었다. 사장은 조바심 내거나 재촉하지 않았다. 그 시절이 내 직장생활 최고 황금기였다. 정말 신이 나서 일했고, 회사는 나날이 발전했다. 회사 실적이 절정에 이르렀을 때 사장은 부회장으로 승격하여 다른 회사로 옮겼다. 나도 그 사장 밑에서 임원으로 승진하였다. 나중에 그분은 전문경영인으로 아주 드문 회장까지 역임하셨다.

훗날 내가 운 좋게 작은 회사 대표가 되었을 때, 닮고 싶은 모델은 당연히 S 회장님이었다. 그분을 닮아 아랫

사람을 칭찬하고 신바람을 일으키고 싶었다. 나도 열심히 직원 교육하고, 어떤 경우에도 정리해고는 하지 않겠다고 결심했다. 매년 여러 명을 뽑아 대학원 석 박사 과정에 보냈다. 임원이나 팀장이 보고하러 들어 오면 부드러운 말로 사기를 북돋워 주었다. 이런 외형적인 활동은 본받아 실천하기 그리 어렵지 않았다.

그러나 2008년 리먼 브러더스 외환위기로 실적이 나빠지자 그게 쉽지 않았다. "응 그래… 그렇구나…" 대신 "왜! 그래서!"를 자꾸 쓰게 되었다. 빨리 개선이 안 되면 조바심을 내며 닦달하기도 했다. 마음속으로는 S 회장을 닮고 싶었지만 나는 결국 그러지 못했다. 못생긴 가지 잘라내고 싶은 마음을 참고, 나무가 모양을 잡을 수 있도록 기다려 주어야 하는데 그게 쉽지 않았다. 내 그릇은 S 회장만 한 그릇이 아니었다. 아는 것과 실천하는 것은 다른 이야기이다. 그런 마음가짐은 삶에 대한 깊은 성찰과 오랜 수양의 결과였다. 지금 생각건대, 최고의 경영 능력은 판단력이나 의사결정 능력이 아니라 마음 챙김과 인재가 잘 클 때까지 기다려 주는 인내심이었다.

오늘 아침 고목이 된 플라타너스 모습에 S 회장님 모습이 겹쳐 보인다. 플라타너스 밑동을 쓰다듬으며, 뵌 지 오래되었으니 더 늦기 전에 연락드려야지 다짐해 본다. 닮지는 못했지만 가끔이나마 뵐 수 있어 다행이다. 40년 회사생활에서 그런 분을 모실 기회가 있었던 나는, 아름다운 서울 거리를 걸을 수 있는 만큼이나 행복한 사람이다.

밑줄 긋는 스무 살 청년

매우 서운했다. 조심스런 내 질문에 선생님은 단호하게 나무랐다.

국어 시간에 일어난 일이다. 그날 유명작가의 콩트 낭독을 나에게 시키셨다. 평소 좋아했던 작품이라 신이 나서 감정을 넣으며 읽었다. 읽고 나자 선생님은 주제와 소재 그리고 반전의 묘미에 대해 열심히 설명하셨다. 그래도 문예반 학생이었는데 나는 그 설명이 마음에 안 들었다. 문학을 저렇게 아무 정서도 없이 분석만 하다니. "선생님 질문 있습니다. 먼저 글에서 풍기는 향기와 색깔을 감상한 다음에 그런 분석이 필요한 것 아닙니까?"

"글이 무슨 꽃이냐? 향기와 색깔이 어디 있어! 쓸데없는 소리 그만하고 공부나 열심히 해"

나는 대입 재수생으로 서울 종로에 있는 Y학원을 다니고 있었다. Y학원은 서울에서 제일 유명한 재수전문 종합학원이었다. 전국에서 최고 실력 있다는 선생님들만 모인 곳이었다. 수업료도 만만치 않았으니 강사료 또한 높았을 것이다. 패기만만한 선생님들이 많았다. 요즘 말로 소위 '일타강사'들이다.

그 국어 선생님은 60대 중반으로 명문 사립고에서 정년을 하고 오셨다. 날씬하고 카랑카랑한 목소리의 선생님은 꽤 까다롭게 수업을 하셨다. 젊은 선생들은 선비

같은 국어 선생 앞에서 몸가짐을 조심할 정도였다. 그
날 내 딴에는 심사숙고해서 좋은 질문이라고 던졌는데
칼로 자르는 듯한 답변을 주셨다. 지금도 기억나는 것
을 보니 그때 어지간히 무안했었나 보다. 그 국어 선생
님이 수필가 윤오영이다.

국어는 현대문 고문 한문 등으로 나뉘어 있었는데 문
과반의 국어는 모두 그분이 가르쳤다. 지금 생각해 보
니 현대문학이나 고전문학 그리고 한문학까지 두루 능
통하시니 따라오실 다른 선생님이 없었을 것이다. 선생
님의 수필이 국어 교과서에 단골로 등장한 것은 우리가
졸업한 다음이니 그전까지 우리는 그저 '실력 있는 선생
님인가 보다'라고만 알고 있었다.

윤오영 선생님은 다른 분들과는 달리 입시학원 유명
강사라는 자부심은 없어 보였다. 당시만 해도 유명강사
가 지금처럼 선망받는 시절은 아니었다. 선비 기질을
지닌 선생님은 그 일을 그다지 내켜 하지 않은 듯 보였
다. 더군다나 많은 수입이 그런 선생님의 자긍심에 보

탬이 되었을까? 훗날에 읽은 그분의 수필 어느 곳에서도 Y학원은 물론 20여 년 계셨던 명문 사립고 교편생활이 소재로 나온 작품은 없다. 반면 피천득 선생과의 교우관계가 소재인 작품은 몇 편 보았다.

「마고자」, 「방망이 깎던 노인」 등의 수필을 언제 처음 읽었는지 정확히 기억나지 않는다. 동생들 국어 교과서에서 보았든가 아니면 대학 시절 아르바이트로 했던 과외지도에서 처음 읽었을지 모른다. 그러나 선생님의 책은 2000년대 들어와서 처음으로 샀다. 수필집 두 권과 『수필문학입문』이다. 이 책들을 처음 서점에서 발견했을 때 스무 살의 나를 본 것처럼 반가웠다. '그 국어 선생님이 유명 수필가였구나' 하는 반가운 마음과 '수필가였는데도 내 질문에 그런 답변을 하셨다니…' 서운한 마음도 있었다. 그 뒤 그분의 육성과 체취가 살아있는 글을 거의 빼지 않고 읽었다. 그때만 해도 내가 수필작법을 배우리라고는 생각하지 않았다. 품격이 느껴지는 잔잔한 문장을 읽으면 치열한 회사생활의 각박함을 조금 잊을 수 있어서 좋았다.

요즘 나의 지난날을 글로 남기고 있다, 학창 시절 잠
간 문학청년이었던 때를 제외하고 글쓰기는 처음이다.

함축미와 여운이 있으면서 담담하게 나만의 소리를
낼 수 있는 전통의 글을 쓰고 싶다. 좋은 글을 쓰는 비결
이 독서와 필사와 습작이라고 한다. 누구의 글을 닮고
싶은가 곰곰 생각해 보았다. 윤오영 수필가였다.

나는 그해 겨울 원하던 대학에 떨어져 2차 대학으
로 갔다. 그러나 사제 간의 인연은 다시 이어지고 있다.
『수필문학입문』을 밑줄 치며 정독하고 있다. 또 그분의

글들을 필사하면서 격조와 그윽한 정서를 배우고 있다.

선생은 가끔 수업 시간에 농담처럼 '너희들 이 다음에 내 제자라고 떠들고 다니지 마라' 하셨는데 나는 이제 속으로 웃고 있다.

오늘 나는 「달밤」을 정성스레 만년필로 정서하고 있다.

지금, 여기
HERE AND NOW

4부

마지막 선택

두 사람이 함께 내 자리로 다가온다.

같이 들어오는 그녀는 안경을 끼고 있다. 약간 긴장한 얼굴에 어깨까지 내려오는 머리. 나는 엉거주춤 일어나지만 별 감흥은 없다. 마음속으로 '소개팅에 안경을 쓴 채로 나오는 여자도 있구나!'라고 생각한다.

크리스마스를 일주일 앞둔 명동 입구의 레스토랑은 흥겨운 캐럴과 영화 러브스토리의 테마 음악인 snow frolic 이 흘러나온다. 주선자는 간략히 소개하고 자리에서 일어난다. 이제부터 어떻게 이 쑥스러움을 견디지? 메뉴 중 제일 비싼 것을 시킨다. 음식이 나올 동안 내 소개와 어떻게 자리를 만들게 되었나를 주절주절 늘어놓는다.

어색함을 애써 감추며 계속 이야기한다. 전공 이야기, 새로 들어갈 회사 이야기. 그사이에 억지로 미소 지으며 듣는 그녀에게 질문도 던진다. 익숙하지 않은 포크와 나이프가 쨍그랑거린다. 그녀는 남기지 않고 그릇을 다 비운다. 내숭은 아니네. 날씬하지만 잘 먹는 걸 보니 건강하겠어.

간신히 식사를 마치고 같이 일어난다. 종로의 삼일빌딩까지 함께 걷는다. 가깝지도 그렇다고 멀지도 않도록 간격을 유지하려 애쓴다. 대화가 끊기면 큰일이야. 아아 머리 아프다. 별 감흥도 없이 듣고 있는 그녀를 어떻게 감동 시키지?

삼일빌딩 지하의 커피숍으로 들어간다. 에이 모르겠다, 솔직해지자. 젊은 여자들이 제일 싫어한다는 사상 이야기나 해 버리자. 얼치기 학생 운동가인 나에게는 익숙한 주제다. 전환 시대의 논리, 해방신학에서부터 페다고지까지. 마침내 니체의 짜라투스트라, 레비스트로스의 구조주의. 잘 알지도 못하는 주워들은 이야기에도 목소리를 높인다. 내 이야기에 내가 취해 버린다.

벌써 시간이 이렇게 갔나? 시계는 밤 열 시를 가리킨다. 그녀는 별 대꾸도 없이 잘 들어준다. 이런 이야기에 관심 있나? 아니면 인내심이 많은 건가?

처음 만났으니까 버스 정류장까지 바래다준다. 버스를 기다리면서도 계속 갈등한다. 애프터를 신청해? 말아? 주선자의 체면 생각해서 억지로 다음을 기약한다. 그녀가 버스에 오른다. 창밖을 쳐다보는 그녀의 얼굴엔 알 듯 모를 듯한 미소가 번진다. 다음 주에 과연 나올까?

대학 졸업반인 나는 회사 입사를 앞두고 있었다. 첫사랑이 깨진 지 꼭 일 년만이었다. 그만 잊고 다른 여자를 만나라고 부추기는 친구 녀석이 있었다. 일 년이 지나니 이제는 잊을 수 있다고 생각했다. 첫사랑 상대는 개성이 뚜렷한 여자였다. 이상주의자였던 우리는 첫눈에 서로에게 이끌렸다. 진도는 빠르게 나아갔다. 그러나 사귀는 동안 서로를 너무 강하게 얽어매어 힘이 들었다. 일 년 전 가을, 학생운동으로 검거되어 유치장에 있던 나를 면회 온 그녀는 수상한 낌새를 보였다. 유치장에서 나온 후 만났을 때 그녀는 집안에서 새로운 선택을 강요받는 상황을 이야기했다. 그러면서 미안하다고 했다.

나는 당시 유행했던 '사랑이란 미안하다는 말이 필요 없는 거야' 하면서 쿨한 척했다. 깨진 첫사랑에 지친 나는 편안한 상대를 찾고 있었다. 그리고 나는 학생운동을 그만둔다는 서약서를 쓰고, 평범한 생활인이 되어 가고 있었다. 그날은 친구의 여자 친구에게 강청해서 마련한 자리였다.

다음 주에 나온 그녀는 이야기에 빠져있던 내 인상과

넓은 어깨의 뒷모습에 대해 말해 주었다. 나는 그녀의 안경 낀 첫인상과 음식을 남김없이 먹던 모습을 이야기하며 서로 웃었다. 첫사랑 상대와 달리 그녀는 현실적이고 좋은 가정교육을 받은 모범생이었다. 서로에게 깊은 첫인상을 남기지는 못했으나 시간이 지날수록 더욱 소중한 만남이 계속되었다. 우리는 서로 다른 궤적을 그리다가 접점에서 그날 만난 것이다.

2년 반 뒤,
새벽까지 쏟아붓던 장대비가 개이고 구름 사이로 햇

빛이 내려오던 날,
　나는 그녀와 결혼했다.

회색빛 거리를 걷다

이번 여행에서 확실히 알았습니다. 우리 가곡 중에 "청라언덕 위에 백합 필 적에…"라는 가사를 가진 동무 생각이라는 노래가 있지요. 거기에 나오는 청라언덕이 푸른 언덕이라는 것은 알았지만 그 정확한 뜻은 잘 몰랐습니다. 이박삼일 대구 여행에서 청라언덕에 대한 의문이 풀렸지요. 청라의 라蘿자가 담쟁이넝쿨이라는 의미였습니다. 푸른 담쟁이넝쿨이 우거진 언덕을 말한 것이지요.

청라언덕은 대구 중심가에서 그리 멀지 않은 한적한 곳에 있었습니다. 언덕 위엔 붉은 벽돌로 지은 외국 선교사의 서양식 주택들이 있더군요. 지금 보아도 이국적 풍취가 느껴집니다. 일제 강점기에는 주변이 모두 기와집이나 초가집이었으니 푸른색과 붉은색이 어우러진

색다른 풍경이었을 것입니다. 그 언덕에서 만난 흰 백합 같은 여학생을 그리워하며 지은 가사라는군요. 지하철역 이름에도 청라언덕역이 있고, 계산 성당, 제일교회 예배당 등 백 년 전 건물들과 함께 근대문화 유산으로 지정되어 있었습니다. 우리 부부는 대구 여행 첫날 이름처럼 푸르고 멋진 이곳들을 둘러보았지요.

저는 고등학교 졸업 직후 처음 대구를 들렀었습니다. 그때 대구는 인구 백만이 넘는 세 번째 대도시였습니다. 섬유산업의 중심지로 알부자들이 많기로 소문나 있었지요. 금호강 변에는 유명한 회사들과 큰 염색공장들이 많은 굴뚝에서 연기를 내뿜고 있었습니다. 통일호 야간열차를 타고 새벽녘에 대구역에 내렸지요. 근처의 칠성시장에서 젊디젊은 내 식욕을 따로국밥 한 그릇으로 허겁지겁 달랜 것이 대구에 대한 첫 기억입니다.

내 아내는 대구에서 태어나 초등학교 졸업 때까지 그곳에 머물렀지요. 이번 여행에서 옛 추억을 찾아주고 싶었습니다. 다행히 살던 주소를 기억하고 있었지만 찾아간 그곳은 공용주차장이 되고 말았습니다. 아내는 옛날 골목 주위를 기억해 내지 못하고 여긴가 저긴가 하고 주변을 몇 번이나 오고 갔지요. 단지 등굣길에 있던 경북대 부속병원의 긴 담장과 높은 굴뚝만은 생생히 기억하고 있었습니다. 병원에서 죽은 환자들에 대한 괴담이 얽혀있던 그곳을 무서워하며 다녔다고 합니다. 새로 지은 교사를 배경으로 사진을 남기는 아내의 표정에는 그리움이 남아있었습니다. 둘째 날은 그렇게 우리들의 젊고 푸른 시절 추억을 떠올리며 중심가를 거닐었지요.

마지막 날 저녁, 대구에서 가장 크다는 서문 야시장을 구경하러 갔었지요. 청년 상인들이 먹거리를 손수레에서 팔고 있었습니다. 음악이 울려 퍼지는 가운데 비보이가 나와서 춤도 추고 가족들과 데이트족들이 길게 줄을 지어 즐기고 있었습니다

분위기가 경쾌하고 젊었지요. 우리도 젊은이들처럼 먹거리를 사서 시장통에 서서 먹었습니다. 맛보다는 그 흥겨움에 마치 연애 시절로 돌아간 것 같았지요.

　저녁 여덟 시 반, 서문시장을 나와 걸어서 호텔로 돌아왔습니다. 삼십 분 정도 걷는 동안 거의 사람들을 볼 수 없었습니다. 저녁 아홉 시도 안 됐는데 주변 상가들은 모두 영업을 끝내고 문 닫은 곳이 많더군요. 어제저녁 대구의 명동이라는 동성로 뒷골목에 들렸을 때 흥청거리던 모습과는 전혀 다른 모습이었습니다. 여기가 대도시인지 아니면 지방 어느 중소도시인지 헷갈릴 정도였지요. 군것질거리를 사기 위해 편의점을 찾았으나 호텔 근처에 다 와서야 겨우 발견할 수 있었습니다.

　대구의 인구는 인천에 벌써 추월당했다고 합니다. 인구가 계속 줄어들고 있는데 심각한 것은 30대 젊은 인구가 가장 큰 폭으로 줄어들고 있답니다. 직장을 찾아 다른 지역으로 이동한 결과입니다. 동성로와 야시장만 빼고 시내의 거리나 골목이 해만 지면 쓸쓸해지는 이유이기도 하지요. 불 꺼진 상가의 어두컴컴한 모습은 점점 나이 들어가는 대구의 회색빛 미래 같았습니다.

　이런 대구는 나이 들어가는 내 모습과 흡사합니다. 머리도 점점 희끗희끗해져서 이제 회색빛이 되었지요. 아이들 소리로 시끄럽던 집안은 어느새 달랑 둘만 남았습니다. 청년들이 타지로 떠나듯 하나둘 둥지에서 떠나 버렸지요. 그렇지만 나이 들면 젊었을 때보다 좋은 점도 많습니다. 그때보다 바쁘지 않고 여유롭지요. 이번처럼 훌쩍 아무 곳이라도 여행을 떠날 수 있습니다. 좋아하는 일만 하면서 시간을 보내기도 합니다.

　대구에도 회색빛 거리만 있는 것은 아닙니다. 김광석 거리나 수성못 카페 거리처럼 새롭게 발전하는 모습도

있습니다. 그곳에는 각지에서 모인 젊은이들이 가수를 추억하는 글을 남기며 즐기거나 세련된 카페에서 데이트를 즐깁니다. 이런 것들이 쌓여 대구도 활력을 찾기를 기대해 봅니다. 청라언덕은 여전히 푸르고 우리 부부의 추억도 푸르렀습니다. 나이 든 내 삶에도 좋은 것이 있듯이 대구의 미래도 푸름을 되찾을 기회가 오겠지요.

지금도 3번 국도를 걷는다

이제부터 무얼 하지?

나이 마흔아홉 겨울, 평생직장이라고 생각했던 곳에서 해임 통보를 받았다. 그 직장에서 CEO가 될 꿈을 꾸고 있었으니 내게는 갑자기 닥친 일이었다. 아직 젊을 때라 자신감이 넘쳤던 나는 어디든 다시 일할 곳이 나타나겠지 라는 믿음이 있었다. 그렇지만 난생처음 가진 한가한 시간을 허송세월로 보낼 수 없었다.

그래 떠나자. 몇 해 전부터 마음속으로 벼르기만 했던 국도 걷기 여행 생각이 났다. 여행 경로는 진작부터 진주에서 거창, 김천, 문경, 충주로 올라오는 3번 국도를 생각해 두고 있었다. 아직 산티아고 순례길 걷기 여행은 알려지기 전이었다. 걷기 여행 전문가 두어 분이

남한 일주나 국토종단여행을 하고 책을 펴냈을 때였다. 다음날 남대문 시장 산악 용품 판매장에 들려 방한복 방한화 배낭 등을 준비했다, 국내에는 고어텍스가 흔치 않던 시절이었는데 모두 이탈리아나 프랑스제 산악 전문 용품으로 준비하니 매장 직원이 이 정도면 겨울 히말라야를 가도 된다고 너스레를 떨었다.

장비 준비와 코스도 정해졌는데 문제는 체력이다. 직장에서 산악회장을 역임하며 2박 3일 정도 산행 경험은 많았지만 한 달 가까운 시간을 매일 25Km 이상 걸어본 경험은 없었다. 일단 예행 연습을 하기로 했다. 수안보 온천에서 미륵리 석불, 송계계곡을 경유해서 청풍, 단양까지 2박 3일 예행 걷기를 했다. 그곳은 충주호반의 아름다운 걷기 여행 코스로 알려진 곳이다. 1월 초순 눈이 많이 와서 버스도 끊긴 지릅재 고갯길을 무릎까지 올라온 눈을 헤치며 미륵리에 도착했다. 인적도 없는 미륵리 세계사 스님이 나를 보고 깜짝 놀라던 모습이 지금도 기억난다.

예행 연습까지 끝내고 1월 하순 드디어 진주로 출발했다. 그해 따라 유난히 겨울이 춥고 눈도 많이 내렸다. 나는 막연하게 3번 국도가 진주에서 출발한다고 믿고 이곳에 왔는데 와서 보니 아니었다. 그건 옛날이야기이고 지금은 남해 섬이 다리로 연결돼 있어 3번 국도는 남해 미량리가 시작점이었다. 잠깐 갈등했지만 중요한 건 아니라 그냥 진주에서 출발하기로 했다. 진주에서 서울까지 직선거리 400㎞지만, 중간에 우회해서 여기저기 둘러보면 대략 600킬로쯤 된다. 한 달을 잡고 1월 말에 진주 출발해서 2월 말에 서울 도착 일정으로 출발했다.

열흘에 한 번은 서울 올라가서 이틀 정도 쉬며 필요한
물건도 살 계획이었다.

산청을 향해 가다가 예담촌 고옥 마을로 알려진 남
사마을 오래된 한옥들도 구경하였다. 내가 들렀을 때는
제대로 원형이 남아있는 한옥은 세 채 정도였고 나머지
는 많이 변형된 한옥과 일부 양옥으로 개조된 집이 있는
마을이었는데 지금은 전통 한옥으로 다시 개조했다고
들었다. 그 마을은 한옥보다 오히려 구불구불한 고샅길
돌담이 아름다웠다.

눈 쌓인 국도변에는 인적도 없고 가끔 화물차들이 소리를 내며 지나가고 있었다.

혹시 화물차 기사가 나를 못 볼까 보아 항상 차를 마주 보고 걸었다. 눈 속에서도 잘 보이게 빨간색 모자를 쓰고 배낭 위에도 빨간색 깃발을 꽂았다. 영하 십 도의 눈길을 두어 시간 걷다 보면 머릿속이 하얗게 비워진다. 아무런 생각도 번민도, 살아갈 걱정도 나지 않는다. 그저 뺨을 때리는 찬 바람만 의식할 뿐. 그 시간이 내 인생에서 중요한 고비였다는 건 요즘에 와서 느끼는 감정이다.

사흘을 걷고 산청읍에 도착했다. 이름처럼 맑고 깨끗한 작은 읍이었다. 지리산 자락 언덕 위에 있는 모텔에서 욕조에 뜨거운 물을 받아 피곤해진 다리를 풀고 있었다. 휴대전화로 서울에서 연락을 받았다. 새로운 일자리에 대한 제안이었다. 반도체 관련 개발을 이제 막 시작하려는데 그 일을 맡아서 해 보지 않겠냐는 말이었다. 서울 떠나오기 전에 다른 곳에서 받은 작은 회사 대표 제안은 2월 말까지 쉬면서 천천히 생각해 보자고 했었는데, 이번엔 당장 시작하자고 한다.

　전화 받으며 잠깐 갈등했다. 막 시작한 도보여행을 중간에서 그만두어야 할지도 모른다는 생각이 들었다. 서울 올라갈 다음 주 월요일에 만나서 자세한 이야기 나누기로 약속을 잡았다. 일주일 부지런히 걸으면 함양, 거창을 거쳐 김천까지 갈 수 있다. 일단 거기서 잠깐 서울 가서 이야기 나누고 다시 내려와 걷기 여행을 계속해도 된다고 생각했다.

　거창 웅양면 소재지에서 김천 넘어가는 우두령 고갯길은 새로 길이 뚫리면서 옛날 국도는 지방도로로 변해 있었다. 웅양면에 있는 시골다방에 들려 커피 한잔에 몸을 녹이고 있었더니, 시골 영감들에게 시달리던 40대 마담이 내 여행에 관심을 가지고 꼬치꼬치 물어보던 기억이 난다. 하긴 그 겨울에 눈 쌓인 우두령 옛길을 걸어 넘는 미친 사람을 자주 볼 수는 없었을 게다.

　우두령 정상에는 양쪽으로 서울 몇백 리, 진주 몇백 리 써 놓은 돌로 만든 옛날 이정표가 남아있었다. 우두령은 가야산과 덕유산을 이어주는 고갯길이었는데 정상에 올라서니 남쪽으로 지금까지 내가 걸어 온 거창, 함양이 아스라이 보였다. 당시 김천 시내에서 제일 큰 호텔을 예약해 놓았었다. 여드레 동안 무사히 걷기 여행을 마친 나에게 보상하는 차원에서 좋은 호텔에 머물고 싶었다. 다음날 김천역에서 열차 타고 서울로 출발하였다. 이 삼 일 후에 다시 와서 여행을 계속한다는 생각이었는데, 결과적으로 나는 김천으로 다시 내려가지 못했다.

그해 2월 말에 새로운 일을 시작했다.

18년 뒤인 2018년 4월 두 번째 걷기 여행을 김천에서 다시 시작할 수 있었다. 은퇴 후에 하고 싶던 공부를 끝내고 2월에 학위를 받았다. 60대 후반 새로운 내 인생이 막 펼쳐지고 있었다. 오랜 꿈이었던 걷기를 마저 끝내고 싶었다. 그러나 인생 모든 것이 뜻대로 되는 건 아니다. 내 버킷리스트 걷기 여행도 마찬가지였다. 두 번째 여행도 열흘을 걷고 문경 하늘재 넘어 미륵리 계곡에서 허리 통증으로 중단하였다.

18년 전 눈 속에서 나를 맞았던 스님은 보이질 않고

펜션 온돌에 허리를 지져도 낳을 기미가 보이지 않는다. 겁이 덜컥 난 나는 육십 후반 내 나이를 돌아보았다. 그래 모든 걸 꼭 이루어야 할 나이는 지났어. 중단하자. 열정으로 똘똘 뭉친 삶은 육십 년으로 충분해. 이제는 포기할 줄 아는 나이가 되었어.

아마 나머지 걷기는 평생 못할지도 모른다. 미완의 버킷리스트로 남겨 놓을지 아니면 남은 70대에 마무리할 수 있을지 여전히 잘 모르겠다.

그렇지만 나는 지금도 3번 국도를 걷는 꿈을 꾼다.

가슴은 그때처럼 설렌다
- 만약에 다시 태어난다면

어린 시절 만약 여자로 태어난다면 살로메가 되리라 생각했던 적이 있다. 쟁반에 담긴 요한의 기괴한 얼굴과 키스 하는 살로메의 요염함에 빠져들 때였다. 그러나 현실을 알고부터 그런 꿈은 꾸지 않았다. 인생은 내가 선택 할 수 있는 것보다 주어지는 것이 많다는 것을 차츰 알게 되었다. 지나온 삶을 돌아보면 내가 선택 가능했던 건 전공이나 직업 혹은 배우자 정도였다는 생각이 든다. 그중 배우자는 인연이 있어야 하고 대부분 남편은 다음 생에서도 지금의 부인을 원한다니까 그 대부분에 속하는 나도 새로운 선택지가 없는 셈이다. 결국 전공이나 직업을 다른 것으로 하였다면 어떻게 되었을까만 남는 셈이다.

우리 때에는 대학입시에서 자신이 원하는 전공보다

는 성적이나 시류에 맞추어 선택하는 경우가 많았다. 나도 예외는 아니어서 대학을 선택할 때 취업이 쉽다는 상대 무역학과를 선택했다. 종합무역 상사가 한창 뜰 시기라 무역학과도 제법 인기가 있었다. 예상은 했지만, 무역학이란 것이 학문이라고 이름 붙일만한 깊이가 있는 학과가 아니었다. 그건 경영학 과목도 마찬가지여서 무역이나 기업경영을 하는데 필요한 실용 과목이 대부분이었다. 조금 이론이 있어 보이는 경제학 과목을 선택과목으로 수강하거나 혹은 문과대 과목을 도강하곤 했다. 대학 4년 동안 내 전공인 무역학 과목은 필수 과목만 간신히 채우고 나머지는 엉뚱한 과목으로 채운 형편이 되었다. 어쨌거나 상과대 졸업 학력으로 평생을 살아왔으니 현실적인 선택이 어느 정도 주효한 셈이다.

고등학교 때 겨울 인왕산 고갯마루 소나무 한 그루를 보며 '동령수고송(冬嶺秀古松)'이라는 싯귀에 감탄하던 나는 국문학을 전공하고 싶었다. 그중에서도 고전문학이었다. 가사 문학과 규방가사나 시조 같은 쪽에 관심이 많았다. 엄격히 이야기하면 국문학사를 공부하고 싶

었다. 그러나 그런 내 마음을 부모님께 내가 비치니 펄쩍 뛰시는 바람에 접고 말았다. 큰아들이 고시 패스해서 출세하길 기다렸던 부모님 처지에서는 취직이나 할 수 있는지 의심스러운 전공이었다. 물론 공부를 좀 더 계속한다면 대학교수가 될 수는 있었겠지만, 대학도 겨우 갈 형편에 대학원까지 가서 공부한다는 건 꿈이었다. 그렇게 허무하게 내 전공의 꿈은 도전도 못 하고 끝이 났다.

상대 졸업 후 운 좋게도 어느 대기업에 들어가게 되

었다. 거기에서 사십 년 가까이 일하였다. 그때는 그것이 전부라는 생각을 하였고 치열하게 일하며 다른 것은 생각해 보지도 않았다. 그러나 끝이 보이기 시작했다. 이제 은퇴하면 무얼 하며 살지? 하는 생각이 들었다. 여행이나 하고 골프도 실컷 치고 매주 전원주택에도 이 삼 일 머물고 등등의 생각을 했다. 그러나 그것도 하루 이 틀이지 이십 년 가까이 그렇게 산다는 건 무리다. 싶었다. 어릴 때 못해 본 내가 원하는 전공 생각이 났다.

처음에는 어느 한문연수원 야간 3년 과정을 다녔다. 수료 후에 정식으로 국문학과나 한문학과를 들어가고 싶었다. 그런데 나이 많은 학생을 석사과정으로 받아들여 주는 학교가 없었다. 같이 공부했던 서너 살 젊은 어떤 동료가 지원서를 냈더니 학과장이 "이제 나이도 있으신데 편히 쉬시지요." 하며 상대도 안 해주더라는 이야기를 들었다. 마침 어느 대학에 유교 철학 쪽으로 나이 든 학생도 받아주는 정책이 있었다. 지금은 그곳도 바뀌었다는 말을 들으며 참 운이 좋았다.라고 자위한다. 원하던 고전문학은 아니지만 비슷한 전공을 할 수

있었다. 몇 년의 시간과 적지 않은 학비도 들었다. 한여름에 더위와 싸워가며 논문을 마무리할 때 몇 번이나 그만두고 싶었다. 간신히 마무리는 했지만 지금도 써먹을 곳은 별로 없다.

그저 내가 좋아하는 분야를 계속할 수 있는 것에 만족한다. 이제는 내 선택에 후회하지 않는다.

아직도 고전문학 쪽에 더 관심이 많다. 시를 다루는 시경이 훨씬 마음에 들고 편안하다. '시경의 사랑 이야기'나 '춘추 영웅들의 이야기'를 가지고 어쩌다 강의할 때면 지금도 인왕산을 바라보던 그때처럼 가슴이 설렌다.

다 식은 연탄재

-《아무도 미워하지 않는 자의 죽음》을 읽고

어두운 허공에 플래시 불빛이 너울거린다. 밤 12시, 갑자기 들이닥친 형사와 방범대원이 집안 여기저기를 뒤진다. 나는 엄마의 재촉에 떠밀려 바지만 꿰어 입고 맨발로 뒷담을 넘는다. 축대 옆 화장실 뒷담에 매달려서 바들바들 다리를 떨고 있었다. 생각과 달리 몸이 말을 안 들었다. 그날 낮, 학교에서 유신헌법 반대 시위가 있었다. 시위 끝난 후 친구들과 어울리다가 밤 11시쯤 집에 들어갔다. 낮에 방범들이 와서 나를 찾더라는 엄마 말을 귓등으로 넘기고 잠자리에 든 게 실수였다.

매달려 있던 화장실 창문으로 플래시 불빛이 지나가며 내 머리끝을 스친다. 납작 엎드린다. 바들거리던 종아리에 쥐가 난다. 조금 후 옆집 마당을 건너온 형사에게 발각되었다. 한밤중 수런거리던 동네에 "여기 있다! 검거했다!"라는 소리가 울려 퍼진다. 런닝과 바지 차림으로 끌려 나간 나는 그때야 마치 독립투사처럼 허리를 꼿꼿이 하고 사람들 시선 사이를 지나 경찰 지프에 올랐다.

경찰은 얼치기인 나를 거물로 오인하고 검거대까지 보냈다. 광나루 옆 한강호텔 골방에서 매일 나이는? 주소는? 으로 시작해 대학입학 후 지금까지 모든 행적에 대해 열 몇 시간씩 취조를 당했다. 일주일 후, 지친 나는 그들이 불러주는 조서에 지장을 찍었다. 거물로 못 만들어 경찰도 실망한 눈치였다. 총학생회장, 학보사 편

집장과 함께 즉심에 넘겨져 각각 구류 열흘을 살고 나왔다. 그 뒤 고등학교 선배인 고위공무원과 정부청사 간부 식당에서 스테이크를 두어 번 같이 먹었다. 그 선배는 나를 만나고 나서 동태 보고서를 위에 올렸을지 모른다. 소위 전향서에 서명하고 회사에 취직한 뒤에야 집과 아버지 직장에 매달 들리던 정보과 형사들의 정기방문이 끝났다.

일제 강점기는 말할 것도 없었겠지만, 불과 30여 년 전까지도 우리는 권력에 대항한 의사 표현이 자유롭지 않았다. 비판하는 말과 글은 감옥에 가거나 때로는 목숨과도 맞바꿀만한 일이었다. 《아무도 미워하지 않는 자의 죽음》은 나치 시대 뮌헨에서 권력을 비판하는 전단을 배포하다 사형당한 20대 초반 한스 숄과 소피 숄 두 자매의 이야기이다. 소설의 형식을 빌렸지만 지은이가 그 두 사람의 누나 나이니까 거의 수기에 가깝다. 갓 대학에 입학한 그들이 어떻게 나치의 폭정을 알게 되고 자신의 의지에 따라 나치를 비판하는 전단을 만들게 되는지를 건조한 문체로 전달한다.

　　같이 일한 나이 든 동지가 자식들을 위해 목숨만을 간청할 때도 의연했던 두 사람의 행동을 묘사한다. 단지 정권을 비판한 전단을 돌렸다는 이유만으로 그들은 원했던 총살형도 거부당하고 단두대에 올랐다. 1943년의 일이다. 그 후 이들과 비슷한 이유로 죽음에 이른 사람들이 1945년까지 이어졌고 이들이 돌린 전단을 '백장미 전단'이라고 한다. 상당수가 젊은 대학생들이었다. 우리도 강경대, 박종철, 이한열 같은 20대 초반의 학생 열사들이 있었다.

사실 이런 운동은 처음부터 거창한 사상이나 이론으로 이루어지는 것은 아니다. 그저 한 인간으로 단순하고도 당연한 권리를 지키기 위해 시작된다. 유관순 열사의 경우도 마찬가지 아니었을까? 열일곱 살 여학생의 마음속에 무슨 그리 크고 위대한 사상이 자리 잡고 있었겠는가? 아마도 두려움에 떠는 한 여학생에 불과했을 수도 있다. 오히려 권력이 두려움에 떠는 마음을 단련해서 점점 더 단단하게 만들어 준다. 내가 아는 유명 정치인도 20대 초반 처음에는 단순한 학생 시위로부터 시작했는데 권력의 방해 공작으로 점차 거물이 되어갔다, 물론 예외도 있다.

고 김근태 의장 같은 경우다. 고문기술자의 악랄한 손끝에서도 마지막까지 동지들을 보호하고 그 현장을 기억하고 증언하여 마침내 이근안을 법정에 세웠다. 고문당할 때 김근태는 나이 서른 여덟으로 부인 인재근과 혼인한 지 5년이 지났었다.

최근 80년대에 학생운동을 했던 586들이 욕을 많이 먹고 있다. 대부분 20대 초반 어린 나이에 권력에 항거

했던 경험을 공유한 세력이고 우리 민주화에 기여한 세대이다. 지금은 권력 주위에 기생해 단물을 빨고 또 내로남불이 심하다고 비판받는다. 젊었을 때 시위 한두 번 한 경력 가지고 너무 오래 우려먹는다고도 한다. 나도 그들의 젊은 시절 희생이 이제는 상당 부분 보상받았다고 느낀다. 우리 사회를 위한 역할이 이제 끝났는지도 모른다.

한편 생각하면 그들이 시위했을 때 뜻은 같았지만, 나처럼 두려움 때문에 과감한 행동으로 못 옮긴 평범한

일반인들이야 그런 비난을 할 수도 있다고 느낀다. 그러나 그때, 단지 출세를 위해 모든 것을 외면하고 도서관 구석이나 절간에 갔을지도 모르는 이들까지 그런 목소리를 내는 것은 이해할 수 없다.

"연탄재 함부로 차지 마라. 너는 누구에게 한 번이라도 뜨거운 사람이었느냐."

5부

풍각 다방의 추억

90년대 초반, 경북 청도에 계시던 친구 아버님이 돌아가셨다. 친구 고향 집을 찾아 문상했다. 문상 끝낸 뒤 오랜만에 근처 대산사라는 절을 다시 찾았다. 차를 끌고 옥산저수지 옆 가파른 산길로 올라가니 시끄러운 엔진소리에 공부하던 학생이 나와 본다. 주지 스님을 찾으니 출타 중이라 한다. 공무원 시험공부 한다는 그 청년 방에 들러 차 한잔했다. 청년에게 잘 준비 해 성공하라는 덕담을 남기고 나왔다. 20년 전 나 자신을 보는 것 같았다. 1970년, 열아홉 살이었던 나도 이곳에 잠깐 머물며 공부했었다

고3 첫 번 입시에 떨어지자 같은 반 친구가 자기 고향 절에서 함께 공부하자고 유혹했다. 절에서 공부해 사법

고시 붙었다는 무용담이 많을 때라 흥미가 생겼다. 청도는 가본 적도 없었지만, 서울내기였던 내겐 시골살이도 어쩐지 낭만적으로 생각되었다. 부모님을 겨우 설득해 졸업식 하자마자 대산사로 향했다. 여름까지 절에 파묻혀 공부하고 가을에 서울 올라와, (유명 대입 재수 전문 학원이었던) 양영학원이나 대성학원 다니는 동창들 기를 팍 꺾어줄 생각에 신이 났다.

손수레에 짐을 싣고 올라간 절에는 대구 출신 재수생 네댓 명이 더 있었다. 전화도 없던 시절이라 그런 사정을 몰랐는데 당황했다. 한적한 절에서 머리 싸매고 공부할 수 있을 줄 알았는데 이게 웬 낭패란 말인가? 그러나 소란스러운 신참례를 겪고 나서 우리는 스스럼 없이 친해졌다. 한창 먹성 좋을 때라 밥 먹으면 바로 소화돼버리는데 밥은 고봉이지만 부식이 형편없었다. 주지 스님께 몰려가 불사에 쓰려고 몰래 감춰 놓은 고사리 도라지를 내달라고 떼를 썼다. '대지의 항구' 노래에 가사를 붙여 떼창을 했다 "쿵닥딱 목탁 소리~ 듣기도 싫다~ 된장찌개 신김치는~ 먹기도 싫다~ 가지 말고~ 먹지도 말자~ 먹었자 소화될 것을~ 주지 스님요~ 오늘 저녁은~

도라지 좀 내주서~"

　매달 절에 숙식비를 내야 하는데 집에서 등기 우편환으로 돈이 왔다. 돈 오는 날은 각자 달랐는데 그날은 산 아래 있는 풍각면 소재지로 모두 하산하는 날이다. 핑계는 우체국에 들러 돈도 찾고, 부족한 단백질 보충하러 돼지 불백 먹으러 가는 것이다. 이게 핑계인 것이 돼지고기보다는 소주와 막걸리를 더 많이 먹는다. 어떻든 매주 몰려가 실컷 술 먹고 한밤중 육칠 명이 어깨동무에 목청껏 노래 부르며 두어 시간 걸어 올라온다. 주변에 마을이 몇 군데 있었지만 요란한 노랫소리에도 모두 쥐

죽은 듯 조용했다. 우린 도회 물 먹은 놈이란 과시로 조영남의 '딜라일라'나 펄시스터즈의 '커피 한 잔' 같은 노래를 불렀다. 그때 농촌에 젊은 남자는 농사짓는 한 두 명 빼고 거의 없었고, 젊은 처녀들은 아직 많이 남아있던 시절이다. 아마 주민들은 "저 시끄러운 대산사 학생 놈들 또 지나가네" 하며 딸들 간수하기에 급급했을지 모른다.

풍각면 소재지는 청도읍 다음으로 대처였다. 일제 강점기에는 풍각장이 청도 읍내장보다 더 큰 장이었다고 한다. 한일 합방 전에는 대구부 풍각현 현청이 있던 곳이니 그랬음 직하다. 달성과 창녕에서 고개 넘어와서 가축을 거래하는 우시장이 유명했다고 한다. 풍각豐角이라는 지명도 대구 쪽에서 보면 높은 산 두 곳 사이 너른 벌판이 마치 소의 두 뿔 사이 이마처럼 보인다는 말에서 유래되었다 한다. 일설에는 청도 소싸움도 이곳 풍각에서 먼저 시작했다는 말이 있다. 아무튼 그런 탓인지 그 시절 풍각에는 시골에서는 드문 다방이 서너 군데나 있었다. 다방에는 중년 마담이 젊은 아가씨를 고용하고 있었다. 레지라고 불리는 그 아가씨들은 눈에 띨 정도로 화려한 차림으로 손님들을 유혹하였다.

어느 날 다방에 들렀는데 레지 아가씨가 서울말 쓰면서 같은 말씨를 쓰는 내게 관심을 표했다. 자연스레 신상을 물어보았더니 미아리가 집이란다. 이곳까지 오게 된 이유를 물으니 서울보다 월급이 훨씬 많아서 오게 되었노라고 한다. 나이 든 아저씨들에게 시달리다 보니 비슷한 또래인 내가 싫지 않았는지 갈 때마다 친절하게 대해 주었다. 하긴 대입 재수생도 보기 어려운 시절이었다. 청도 읍내 극장에서 두 해 전에 서울 대한극장에서 상영하였던 '사운드 오브 뮤직' 영화를 상영한다는 포스터가 붙었다. 고2 때 무슨 이유로 보지 못했던 그 영화를 이번에는 보고 싶었다. 그녀에게 영화를 같이 보지 않겠느냐고 넌지시 던졌는데 얼씨구 덥석 무는 것이 아닌가! 친구 녀석과 둘이 같이 가자고 말했으니 부담이 적었나 보다.

그녀가 다방을 쉰다는 어느 날 청도읍 내 극장 앞에

서 만나 영화를 보기로 하고 기다렸다. 다방에 있을 때 보다는 훨씬 수수한 차림으로 나온 그녀는 청순해 보이기도 했다. 두근거리는 마음으로 그녀를 가운데 앉히고 영화를 봤다. 줄리 앤드루스의 청아한 목소리에는 못 따라가지만, 그녀의 소곤거리는 목소리도 매력 있었다. 거의 마지막 장면 알프스 넘어 탈출하는 장면쯤에서 살며시 손을 잡아 보았다. 그녀도 덩달아 가볍게 잡아주는 손, 내 심장은 경련이 일어나는 것 같았다. 나만 잡아 보았는지 알았는데, 내 친구 녀석도 잡았다는 말을 나중에 듣고 얼마나 속이 쓰렸던지!

그날 영화만 봤는지 아니면 식사도 같이했는지 기억에 없다. 그 뒤로 그녀를 다시 만나지 않은 것 같다. 우리나 그녀나 아주 어린 나이는 아닌데 왜 그렇게 영화만 보고 끝냈을까? 지금 생각해 보면 잘 이해되지 않는다. 그녀도 우리가 자기 다방에 매상 올려 줄 손님이 아니란 걸 잘 알고 있었다. 아마 서로 뻔히 알면서도 순진한 척 순정놀이를 한 건 아닐까? 어쩌면 손만 잡았기에 50년 넘은 지금도 기억하는 거지, 그렇지 않았다면 흔한 해프닝 중 하나로 이미 잊혔을 수 있다. 가끔 미련이 남는 일도 나쁘지는 않다. 삶에는 정답이 없는 법이니까.

계획보다 일찍 6월에 서울로 올라왔다. 그대로 절에 남아있다가는 큰일 날 것 같았다. 아니나 다를까 서울 올라와 치른 첫 번 모의고사 성적은 고3 때 보다 뚝 떨어졌다. 동창들 놀라게 해주기는커녕 오히려 절에 가서 뭐 하다 왔냐는 놀림만 받았다. 결국 그해 겨울, 다시 원하던 대학에 떨어져 나는 삼수를 했다. 후회되냐구요? 물론 일차 대학 못 간 것은 후회된다. 그렇지만 그 시절 풍각 다방, 그곳에 신나는 풍각쟁이는 없었지만 내 풋풋한 기억은 지금도 여전히 남아있다.

나를 키워준 곳 지금은 멀어진 곳

책을 찾았다. 이렇게 가까운 곳에 있었다니. 이번 수필 교실의 필독서는 두껍고 어려운 8권짜리 외국 소설이었다. 꽂아놓을 서가도 마땅치 않고 비싼 그 소설을 사고 싶지 않았다. 인터넷으로 근처 도서관 장서 목록을 뒤졌다. 다행히 모두 대출 가능 도서였다. 읽기 어려운 책이라 대출자가 없었나 보다. 걸어서 도서관으로 가니 그 책들이 모두 서가에 있었다. 그중 세 권을 빌려서 나왔다.

도서관을 처음 만난 것은 중학교 때다. 개가식 학교 도서관에서 닥치는 대로 책을 읽었다. 매일 밤늦게까지 남아있다 보니 사서 선생님과 친해지게 되었다. 사서 선생님이 권해서 한국 단편 문학전집이나, 『무정』, 『상

록수』등을 읽은 것 같다. 그 선생님께 독서지도를 받은
셈이다. 아무 걱정과 거리낌 없이 읽고 싶은 책을 실컷
읽었다. 학교 공부는 뒷전이고 매일 소설만 읽고 지내
니 학교 성적이 형편없었다. 일학년 학년말 성적이 50
등 근처였다. 아버지께 추궁을 당하다가 도서관이 문제
임이 밝혀졌다. 그 후로는 다시는 도서관에 늦게까지
있을 수 없었다.

중2부터는 주말이면 남산에 있던 서울시립도서관을
다녔다. 공부한다는 핑계를 대고 어머니가 싸준 도시락
을 가지고 다녔다. 역시 공부는 뒷전이었다. 그곳에서
『보바리 부인』이나 『톰 소여의 모험』을 읽었다. 재미없
던 도스토옙스키는 읽다 그만두었다. 지금도 사서가 꺼
내주던 낡은 책에서 풍기는 눅진하거나 알싸한 책 냄새
가 기억난다. 그 냄새가 얼마나 좋았던지! 때로는 안면
있는 사서가 이 책은 너무 어렵다느니, 하루에 한 번만
열람신청을 하라느니 하며 짜증을 냈다.

열람실은 남녀학생석이 따로 구분되어 있었다. 식당
이나 복도에서 자주 보던 여학생이 있었다. 단정한 교

복을 입은 그 여학생의 하얀 옷깃을 보며 공연히 얼굴을 붉혔다. 사월, 도서관 창밖으로 보이는 케이블카와 남산 꼭대기의 진달래가 그런 내 가슴을 흔들어 놓았다. 결국 말 한 번 못하고 중3이 되었다. 입시 준비로 그곳을 더 다니지 못했다. 고등학교 입학 후 몇 번 가기는 했지만 다시는 그 여학생을 보지 못했다. 나도 머리가 커지고 문학이 시시껄렁해지면서 어렸을 때의 그 기분은 나지 않았다.

내가 들어간 대학에는 유명 건축가가 설계한 나선형

도서관이 있었다. 원치 않은 대학에 들어간 나는 모든 게 심드렁했다. 여학생들과의 미팅도, 서클 활동도, 같은 과 동료들과 어울림도 모두 맘에 차지 않았다. 도서관만이 내가 숨어서 쉴 수 있는 곳이었다. 3월과 4월을 도서관 앞 잔디밭에서 읽다 만 책을 얼굴에 덮고 졸며 지냈다. 오월이 되자 캠퍼스 여기저기 축제 준비로 술렁거렸다. 나선형 열람실 맨 위층에 내 좌석을 지정해 놓고 있었다.

축제 음악 소리로 시끄럽던 어느 날 도서 목록 카드를 뒤지고 있는데 옆에서 부르는 소리가 났다. 강의를 같이 듣던 옆의 과 여학생이었다. 그 여학생도 나처럼 음악 소리를 피해서 도서관에 피신 온 것이었다. 그녀와 애매한 분홍빛 관계가 이어졌지만 몇 달 후 내가 경제 사정으로 학교를 휴학하면서 끝이 났다. 그 이후 도서관은 논문을 쓰거나 참고자료를 얻기 위해 가끔 드나들었다. 그곳에서, 많은 시간을 보내지는 않았다. 더구나 직장생활을 하면서 도서관과는 영 멀어졌다.

이제는 공공도서관을 가기 위해 멀리 갈 필요가 없

다. 자치구마다 여러 군데 공공도서관을 보유하고 있어 가까운 곳을 이용하면 된다. 이번에 다시 찾은 도서관은 젊은 시절과는 비교도 되지 않을 만큼 모든 게 좋아졌다. 불과 15분 정도 걸으면 되는 가까운 곳에 있다. 성인만 출입이 허용되어 분위기도 좋았다. 이제 이 도서관을 자주 이용해야겠다.

지나간 시절을 돌아보면 스무 살 이전까지 생활의 많은 부분에 도서관이 있었다. 어느 시인의 말을 빌리면 '스물세 해 동안 나를 키운 건 절반이 도서관이었다.'라고도 할 수 있다. 젊은 나를 키운 곳이 도서관이었듯이 나이 먹어가는 나를 완성하는 곳도 도서관이었으면 좋겠다.

남아있는 나의 꿈자락

대학에 갓 입학한 삼월이었다. 어쩔 수 없이 이차대학에 들어간 나는 잔디밭에서 뒹굴고 있었다. 월부책 장사 먹잇감이 된 것은 순식간이었다. 그는 내 학년을 묻고는 신입생치고 나이 들어 보인다고 염장을 질렀다. 요즘은 무게 있는 책이 잘 나간다는 말과 함께 유명 어느 대학에서 많이 팔린다는 사상전집 팜플렛을 보여주었다. "그런데 이 학교에서는 잘 안 나가요. 주로 소설책이나 팔리지."라는 말과 함께 다른 문학전집 전단도 슬쩍 꺼내 놓는다. 그러면서 "학생은 나이도 좀 있고 척 보니 사상전집을 좋아할 거 같은데." 하면서 내 눈치를 살핀다. 속으로 "어쭈 이거 봐라" 하는 마음에 덜컥 싸인하고 십 개월 할부로 그 전집을 들어놓았다. 대양서적이라는 곳에서 1970년 발간한 《세계사상대전집》 중 첫

열 권이 그렇게 내게로 오게 되었다.

그 책이 내 책장에 최초로 들어온 전집은 물론 아니다. 어려서부터 선친이 읽던 《사상계》에 실린 소설이나 《80일간의 세계 일주》, 《십오 소년 표류기》 등을 읽고, 국민학교 때는 만화책 삼매경에 빠져 지냈는데 그것이 내 독서 습관을 길러 주었다. 내가 최초로 산 전집은 1967년 고1 때 구매한 정음사에서 나온 《한국단편문학선집》이었다. 역시 책 장사 꼬임에 넘어가 사서, 할부 갚느라 고생한 기억이 난다. 유진오 김동리 황순원 등 유명 문인 작품이 실린 책인데 1963년 초판본이 나온

책이라 장정이 허술했다. 오십여 년 가지고 있었는데 몇 번의 이사 끝에 책이 거의 바스러져서 몇 년 전 이사 할 때 버리고 말았다. 가지고 있었다면 그 책이 나의 인생 명품 책이 되었을 텐데 매우 아쉽다.

정음사 판 문학전집은 여러 번 통독해서 무슨 작품이 실려 있었는지 대부분 기억난다. 유진오의 〈창랑정기〉나 김동리의 〈등신불〉을 그 책에서 읽었다. 그런 유명 작품 말고도 오영수의 〈수련〉에 나오는 낚시 취미는 훗날 내가 낚시에 빠지게 되는 계기가 됐다. 지금 구리시 장자호수공원이 50년대 후반 장자 못이라는 유명 낚시터였다는 것을 그 소설에서 처음 읽었다. 십 대 후반 감수성이 풍부한 시절에 읽은 그 단편들이 지금 내 문학 생활의 기반이 되었음은 물론이다.

그에 반해서 대양서적 판 사상전집은 거의 읽지 않았다. 불교 경전, 성경, 한비자 등이 포함되어 읽기 쉽지 않은 점도 있었다. 그렇지만 소크라테스나 플라톤은 물론 칸트나 키에르케고르 등 서양철학도 읽지 않았다. 은퇴 후 유교 철학 전공하면서 《논어》, 《맹자》와 《순자》

등은 읽었는데 그것도 이 책으로 읽은 건 아니다. 루소의 《사회계약론》과 마키아벨리의 《군주론》은 학생 때부터 사회과학도라면 반드시 읽어야 한다는 사명감에 몇 번이나 손에 들었지만 결국 끝내지 못했다. 나머지는 읽으려는 시도조차 하지 않았다. 이 책은 내 책장에서 금빛 장정을 번쩍이며 오십여 년 자리만 지켜냈다. 한때 국내에서 영문판 브리태니커 사전 전집이 매우 잘 팔린다는 말을 듣고 속으로 비웃었지만, 나도 그들과 다름없는 속물이었다.

70년대 초반 들여놓은 책 중에 또 아쉽게 처분한 책은 삼성 문화재단에서 매달 몇 권씩 발간했던 《삼성문화문고》이다. 서점 구매는 안 되고 서소문에 있던 중앙일보사 빌딩에서 직접 배포하였다. 매달 그 책을 구하기 위해 직접 가야만 했다. 몇 년간 꾸준히 사 모아서 7~8십 권은 되었는데 문고본이라 오래 보관하기가 쉽지 않았다. 물질문명과 성장의 한계를 처음 문제 삼은 1972년 로마클럽보고서 《인류의 위기》를 그 문고본으로 읽었다. 이사할 때마다 아내는 잘 읽지도 않는 책 처

분하라고 성화였다. 그래서 처분했는데 이번처럼 아쉬
운 마음이 드는 때가 많다.

　가지고 있는 책 중에서 모두 읽은 책은 기껏해야 20%
도 안 넘을 것이다. 나머지는 대양서적 사상전집처럼
책 수집 취향(?)을 자랑하면서 이방 저방 서가를 가득
메우고 있다. 예전엔 언젠가 읽게 되겠지 하는 꿈도 있
었다. 그러나 책 읽는 속도보다 구매하는 속도가 더 빠
르다 보니 그건 진짜 꿈이 되었다. 이제 그런 허황된 꿈
은 꾸지 않는다. 대신 매년 새해가 되면 책 일부를 버려

야지 하는 다짐을 한다. 지금처럼 연말이 가까워지면 올해도 또 못했다는 후회를 하곤 한다. 그렇지만 내 젊은 날의 회한과 꿈이 가득 담겨있는 오래된 책을 어찌 쉽게 버리겠는가? 대양서적 판 사상전집은 내가 마지막까지 버리지 못하고 간직하는 나의 꿈 조각이다. 또 누가 아는가? 그러다 보면 거들떠보지 않았던 《팡세》와 《죽음에 이르는 병》을 마지막 쪽까지 읽게 될 수 있을지?

잃어버린 내 삶을 찾아

바람이 분다.

산에서 내려오는 바람에 늦가을 낙엽 냄새가 배어 있다. 멀리 보이는 초라한 절에서 틀어 놓은 독경 소리가 바람에 실려 온다. 쌀쌀한 11월 하순, 해 질 무렵에 찾은 폐사지엔 아무도 없다. 바람과 정적, 가끔 들렸다 끊기는 독경 소리뿐.

경기도 여주에는 유명 사찰이 두 군데 있다. 여강 강가에 세종대왕 원찰인 신륵사가 있어 지금도 많은 이들이 찾는다. 거기서 조금 떨어진 북내면에는 고려 시대 최대 선종 사찰이었던 고달사가 몇만 평 부지 위에 주춧돌로만 남아있다. 절집 당우는 다 사라지고 석물만 띄엄띄엄 남아있어 오늘처럼 찾는 사람도 없다.

　고려·조선 시대 세곡선이 드나들었던 남한강 변에는 고달사뿐 아니라 거돈사, 법천사, 흥법사, 청룡사 등 국보나 보물이 즐비한 폐사지가 많다. 대부분 신라 후대와 고려 시대 거찰로 유명 승려들이 주석하던 곳인데 조선 중기 이후에 쇠락해져 없어진 곳이다. 유홍준씨가 《나의 문화유산 답사기》 남한강 편에서 폐사지만 별도로 묶어 제시할 정도였다. 모든 폐사지가 나름대로 소회를 느낄 수 있겠으나 그중 내가 제일 자주 찾은 곳은 서울에서 가까운 고달사지이다.

여러 차례 답사 중 가장 기억에 남는 것은 2,001년 첫 직장에서 해임 통보를 받고 들렀을 때이다. 막 대학입시를 끝낸 둘째 아들과 함께 마음을 달래기 위해 찾았었다. 아들이 지금도 가끔 그 이야기를 하는 것을 보면 겨울 폐사지 풍경을 가슴에 간직하고 있는 듯하다. 아니면 오십에 접어든 아버지가 회사를 강제로 나온 뒤, 눈 쌓인 폐사지를 생각에 잠겨 걷는 것을 보고 인생무상이나 삶의 무정함을 느꼈을 수도 있다. 어느 쪽이든 갓 스물 되었던 아들에겐 오래 기억될 순간이었을 게다.

폐사지 답사는 의미 있는 동반자와 함께하기도 하지만 대부분 홀로 가는 것이 좋다. 가능한 한 혼자, 늦가을이나 눈 내린 겨울, 평일 늦은 오후 해거름에 가는 것이 최고다. 아무도 없거나 한두 명 정도 답사객이 있다면 금상첨화다.

고달사 터는 북쪽과 서쪽은 산으로 막혀있고 동쪽과 남쪽은 트여있는 소위 명당이다. 고려말 목은 이색과 같은 시기에 활동하던 유항 한수(1333~1384)가 고달사

에 들러 지은 시에도 "사방의 산들이 절집을 에워싸고, 비석 하나 푸른 하늘을 의지했네"라고 이 절이 앉은 자리와 높은 비석을 기렸다. 몇 차례 발굴조사 후 만이천 평이 넘는 곳을 사적지 지정하여 낮은 펜스로 보호하고 있다. 그러나 북서쪽 산 아래는 개인 소유지였는지 작은 사찰이 들어와 있다. 그 사찰에서 틀어 놓은 독경 소리 때문에 고즈넉한 분위기가 전보다 못했다.

고달사지에는 국보 제4호로 지정된 승탑 한 점과 원종대사 탑비 등 보물 세 점이 있다. 탑비의 귀수 부분이나 승탑 석조조각의 뛰어난 예술성을 감상하기 위해 찾는 이들도 있다. 나는 그런 예술작품보다는 폐사지에서 풍기는 분위기에 매료되어 이곳을 자주 찾는다. 절터 한가운데 서서 불어오는 바람을 맞으며 풍경이나 목탁소리를 상상한다. 비어있는 땅을 가득 채웠을 절집 당우가 눈에 보이는 듯하고 때로는 어느 스님의 청아한 독경 소리가 들리는 듯하다.

　신라말부터 천년을 내려온 거찰이 삼~사백 년 만에
흔적도 없이 사라지고 석물만 몇 개 휑뎅그렁 남겨진 빈
절터에서 영고성쇠의 세월을 바라본다. 그러노라면 겨
우 백 년도 안 될 내 삶도 같이 바라볼 수 있다. 은퇴 후
에는 겨우 두 번 이곳을 찾았다. 정말 귀중한 남은 세월
인데… 다가오는 겨울, 눈 많이 내린 추운 저물녘엔 고
달사지를 다시 찾아야겠다. 그러노라면 어느 구석에선
가 잃어버린 내 삶을 찾을 수 있으려나?

불안으로부터의 보상

드디어 내 가까이 다가왔다.

매일 출근해 연구실로 사용하는 오피스텔에서 두 자매가 코로나19 확진자로 확인되었다. 그들의 동선에는 내가 자주 가는 편의점이 포함되어 있었다. 세상을 온통 시끄럽게 한 코로나19가 내 가까이에 웅크리고 있었다. 일주일 이상 같은 엘리베이터를 탔고 가끔은 같은 편의점에 들르기도 했었다.

소식을 듣고 보일러도 끄지 않고 화분의 물도 잊어버리고 바로 오피스텔에서 나왔다. 그런 것들을 차분히 정리할 만큼 여유가 없었다. 같은 자리에 포탄이 두 번 떨어지는 일은 드물고 방역도 철저히 했다지만 당분간은 집에만 있기로 했다.

이미 2월 초부터 모든 대외활동은 자제하고 있었다.

집과 연구실 그리고 낮의 산책이 활동의 전부였다. 그 이외의 모든 사회활동은 중단됐다. 내가 자발적으로 중단하기도 했지만 사회분위기에 따라 많은 모임이나 활동들이 연기되었다. 그나마 다행은 지난주부터 출근도 걸어서 했었기에 혹시 내가 감염되더라도 나로 인해 피해를 입을 사람은 많지 않은 점이다. 다만 그사이에 나와 계속 접촉했던 아내가 걱정이다. 잠복기가 14일이라 하니 열흘 정도는 몸 상태를 예의 주시해야 한다.

처음에 집에서도 마스크를 하고 아내와는 적어도 2미터 이상 떨어져 지내야 한다고 생각했다. 그러나 지내보니 집에서 마스크를 쓰고 있기란 정말 쉽지 않았다. 그래서 마스크는 포기하고 나머지만 자가 격리를 하고 있다. 각방을 쓰고 식사도 따로 하고 혹시 거실에 같이 있는 경우에는 적어도 삼사 미터는 떨어지려고 노력한다. 그러나 집이 고대광실도 아니고 집에서 완벽히 자가 격리를 하는 것은 불가능해 보였다. 가능한 한 홀로 있으려고 시간의 대부분을 내 방에만 머무는 강제 유폐 생활이 시작되었다, 대학 때 데모하다 검거되어 열흘

정도 유치장 신세를 진 이후 처음이니 거의 오십 년 만의 한거閑居이다.

옛사람들이 이런 한가한 시간을 가지는 두 가지 경우가 있었다. 벼슬을 버리고 낙향하는 때이거나 유배생활이다. 유명한 문화유산들이 이때 만들어지기도 했다. 김정희의 〈세한도〉는 제주에 귀양 가 있을 때 제자에게 그려 준 작품이고, 다산의 경우도 유배생활 18년 동안 많은 저술을 남겼다. 낙향해서 남긴 작품으로는 윤선도의 〈어부사시사〉 등을 대표적으로 들 수 있다. 비단 옛날만이 아니라 현대에 와서도 《감옥으로부터의 사색》

의 저자 신영복 교수는 원래 경제학자인데 20년간 수감 생활 중 한문을 익혀 동양고전을 원전으로 능숙하게 읽을 수 있게 되었다, 훗날에 그는 시경부터 한시 당시 등을 번역한 《중국역대시가선집》(전4권)을 번역 출간하기도 했다. 이처럼 개인이 한가한 시간을 어떻게 활용하느냐에 따라서 그 기회가 개인뿐 아니라 사회적으로도 유용한 자산으로 변할 수 있다.

그러나 그런 시간이 있다고 모두가 역작을 탄생시키거나 인간적인 성장이 되지는 않는다. 대부분 평범한 사람들은 그런 기회를 그저 허송세월하는 경우가 많다. 이번에 코로나19 때문에 50년 만의 한가한 시간을 가진 내 경우를 뒤돌아보면 나도 역시 그런 부류에 속한다. 그저 불안감만 키우는 TV나 유튜브 보기 또는 웹서핑만 하면서 세월을 보내고 있는 중이다. 그래서 옛 성현들은 '혼자 있을 때 (오히려) 삼가고 주의하라'고 말씀했다. 나처럼 그저 그런 소인이 온갖 잡기에 빠지기 쉬움을 경계한 말씀이다. 육백 년 전 목은 이색 선생은 어려서 절에서 홀로 공부할 때의 모습을 이런 시로 남기고

있다.

남창 아래 단정히 앉아 주역을 읽노라니
종소리 한번 울리자 닭이 횃대에 깃드네.

이렇게 옛사람들은 혼자 있을 때 더욱 옷을 단정히
하고 사색과 독서에 열중하였다.

이번에 홀로 있어 보니 나는 사색을 통해 인간적인
성숙을 더 할 가능성은 없어 보인다. 하물며 업적이나
작품은 더욱 기대하기 어렵겠다. 50년 전 유치장에서는 치기어린 영웅심으로 우쭐대며 허송세월했다지만 나이 든 지금도 여전히 나아질 기미가 없다. 이래서는 안 되겠다. 코로나19 유행이 끝나기를 기다리지 말고 매일 아침 단정히 옷을 갈아입고 내 방으로 출근해야겠다. 그래서 그사이 못 읽은 책도 열심히 보고 글쓰기 수련도 해야겠다. 그래야 코로나19로 빼앗긴 시간을 조금이나마 보상받지 않겠는가. 물론 덤으로 불안한 마음도 추스르면서 말이다.

6부

우리 다시 올 수 있을까?

2024년 홍콩에 다녀왔다. 십육 년 만이다.

마지막으로 들렀던 2008년은 영국 시절 분위기가 많이 남아있었다. 명품 쇼핑가는 리먼 사태에도 불구하고 흥청거렸고, 스타의 거리와 빅토리아 피크에는 사람들이 넘쳐났다.

50대 후반이었던 우리 부부도 한껏 들떠서 거들먹거리며 여행했다. 한인 여성 개인 가이드와 기사 딸린 외제 차를 타고 다녔다. 유명 호텔 뜨거운 욕조에 누워 '심포니 오브 라이트'를 감상하고, 미쉐린 스타가 걸려있는 식당에서 저녁을 먹었다. 방에 차갑게 세팅돼 있던 샴페인을 기억하는 아내는, 호텔 이규제그티브 라운지에

서 주는 애프터눈 티 건너뛴 걸 지금도 아쉬워한다. 홍콩의 화려한 야경만큼 그 시절이 우리 삶의 절정기인 줄 알았다.

혼인 45주년을 맞아 떠난 이번 여행은 지난번과 달랐다. 처음 사흘은 패키지여행에 현지 합류로 따라다녔고, 나머지 이틀은 우리 부부만 따로 호젓이 보내고 왔다. 패키지답게 슬쩍슬쩍 지나치기는 했지만, 유명 관광 포인트는 모두 들러볼 수 있었다. 다시 들린 침사추이 해변, 소호 거리, 리펄스 베이에서 추억을 되살릴 수 있었다.

　어느 곳은 분명 다녀왔던 곳인데 거리 모습이 생소하여 여기가 거기 맞나? 하기도 했다. 리펄스 베이 도교 사원에는 중국인들이 가득하고 바닷가 모래사장은 쓸쓸했다. 해변 카페에 앉아 여기서 납북되었던 신상옥 최은희 부부 이야기를 나누며, 전에도 같은 이야기를 나누었다는 기억을 떠올렸다.

　사흘간의 여행을 끝내고 일행과 헤어져 홍콩섬에 있는 호텔로 들어왔다. 과거에는 주로 구룡반도 침사추이 쪽에서 지냈는데 이번에는 반대편으로 정했다.

　다음 날 아침 일찍, 홍콩만 해안으로 걸어 나갔다. 마침 일요일이었다. 날은 따듯했고 햇살도 밝았다. 고가도로 밑 여기저기 텐트를 치고 동남아 혹은 필리핀계로 보이는 여성들이 모여 있었다. 가사노동이나 돌봄노동을 하는 분들인데, 주말에는 주인집 식구를 피해 거리에 나와서 모인다고 한다. 좋은 환경은 아니건만 그들은

대 여섯씩 모여 음식을 먹고 음악을 들으며 즐기고 있었
다. 행복은 화려하거나 값비싼 곳에 있지 않았다. 도로
밑 허름한 텐트 아래지만 그들 얼굴은 조금도 어두워 보
이지 않았다.

홍콩만 쪽 해안은 건너편과 달리 관광객이 거의 없었
다. 많은 홍콩 거주민들이 가벼운 옷차림으로 아침 조
깅을 즐기고 있었다. 잔디밭에는 젊은 여성들이 음악에
맞춰 춤을 연습하고, 나이 드신 분들은 벤치에서 따듯한
햇빛을 즐기고 있다.

　　문득 홍콩이 일본, 싱가포르와 더불어 세계 최장수 지역이라는 생각이 떠올랐다. 비록 그들이 비좁은 아파트에서 식당 음식을 데워 먹는 생활을 하고 있다지만, 휴일 오전의 한가로움을 즐기는 여유가 있었다.

　　마지막 날 저녁, 편의점에서 산 맥주를 가지고 호텔 창가 티 테이블에 앉았다. 멀리 홍콩 만에는 화려한 불빛의 유람선이 떠다니고, 예전 묵었던 호텔 야경이 건너편에 보인다. 지난 시절의 화려함은 없지만 조금도 아쉽지 않았다.
　　맥주를 마시던 아내가 내 얼굴을 쳐다보며 묻는다
　　"우리 홍콩에 다시 올 수 있을까?"
　　"글쎄…. 이번에도 십육 년 만에 왔는데."
　　"………"
　　서로 말없이 맥주를 마신다.
　　표현은 안 했지만 같은 생각을 하고 있었다.
　　"아마 이번이 마지막이겠지…."

　　며칠 전 가이드가 한 말이 떠올랐다. 과거에는 명품

쇼핑이나 좋은 레스토랑을 찾아 홍콩에 왔다면, 지금은 추억여행으로 찾는 사람들이 많다고 한다. 이제 홍콩은 우리 인생처럼 저무는 느낌이 많았다.

밤 비행기를 타고 오면서 다시는 홍콩을 찾지 않기로 했다. 아직은 추억여행이나 할 때는 아니다. 우리 앞의 생은 여전히 많이 남아있고, 새로운 경험이 마음을 설레게 한다. 늙어가는 서유럽이나 일본보다 오히려 베트남처럼 젊음으로 활기찬 나라가 좋아진다. 그런 곳에서

못해 본 경험을 더 하기로 했다.

화려해 보였던 50대 후반으로 다시 돌아가고 싶냐고
누군가 묻는다면, 그 대답은 당연히 NO이다. 우리 인생
의 절정기는 이제부터 만들어나가는 것이다. 돌아오자
마자 베트남 한 달 살기를 예약했다. 어렵다는 베트남
말을 몇 마디라도 배워야겠는데, 잘 해낼 수 있을까?

춘향春香은 내 곁에 있었네

2024년 말과 2025년 초 우리 부부는 베트남에서 37
일을 보내고 왔다.

'낯선 곳에서 한 달 살기'를 한 셈인데, 그 시작은
2024년 초 들린 홍콩에서 비롯되었다. 화려한 옛 명성
에 기대어 늙어가는 홍콩은 마치 노년에 접어든 내 삶과
비슷했다.

일본이나 유럽을 다니다 보면 편안하고 익숙하기는
했지만, 무언가 신이 나지 않던 이유도 그때 비로소 깨
달았다. 활기였다. 사회 전체의 활기가 없기 때문이었
다. 그래서 다음에는 젊음이 넘치는 나라로 가서 그 기
운을 듬뿍 받자고 결심했다. 제일 젊은 대륙은 아프리
카지만, 너무 멀고 또 가기 쉽지 않아 가까운 베트남 달
랏을 골랐다.

베트남은 일억 인구로 평균 연령이 30대 초반이어서 젊은이가 많은 나라다. 아시아에서는 제일 젊은 편에 속한다. 홍콩, 일본, 서유럽은 대부분 평균 연령이 50대 근처이다. 한국도 45세이다. 치안이 확실하고 비행편도 많아 여행하기 좋다. 특히 중남부 고원지대 달랏은 사시사철 20도 전후 봄 같은 날씨에 꽃이 많이 피어 베트남인들의 신혼여행지로 알려지기도 했다. 6개월 전부터 항공편을 예약하고 인터넷을 뒤져 숙소도 잡았다. 드디어 겨울이 막 시작되는 12월 초에 달랏으로 출발하였다.

달랏은 1,900년대 초 프랑스인들에 의해 인공적으로 지어진 휴양도시이다. 인구 30만 정도 작은 도시에 한 해 100만 명이 넘는 관광객이 온다. 대부분은 현지인들이고, 최근 한국, 중국 관광객이 많아지고 있다고 한다. 서양인은 프랑스인들이 더러 보인다. 도시 한가운데 둘레 5킬로미터에, 7~8만 평 되는 쑤언흐엉호수가 있다. 호수 남쪽 언덕에 석조로 된 호텔, 성당, 관공서, 기차역 등 1920년대 프랑스풍 거리가 있다. 북쪽 언덕에는 야시장과 현지인 거주지, 골프장과 달랏 대학이 있다. 호

수가 가운데 있는 소도시로 어디든 걸어갈 수 있을 정도
이다.

호수 이름 쑤언흐엉은 19세기 초 여성 시인 호쑤언흐
엉(湖春香)에서 유래되었다. 호춘향은 한시도 많이 지
었으나 베트남식 이두나 향찰인 '쯔놈'을 사용한 당률시
(唐律詩)를 많이 남겼다고 한다. 젊은 시절 사랑했던 시
인을 상대로 연정시를 쓰기도 했다. '쯔놈시의 여왕'으
로 불리고 베트남 문학사에서 '여성의 심정을 담아낸 최
초의 시인'으로 평가된다. 달랏 호수뿐 아니라 호치민
시내 거리에도 그 이름이 쓰일 정도로 베트남 국민에게
많이 알려져 있다. 사시사철 꽃 피는 달랏에 어울리는,
봄 향기(春香)라는 멋진 이름에는 이 같은 문학의 향기
도 덧붙어 있다.

달랏은 관광지보다 휴양지에 가깝다. 문화유적이
많거나 특이한 자연경관이 있는 것도 아니다. 열대지
방이지만 1,500미터 고지대로 기온이 서늘해 소나무가
많고 야자수 등 열대 나무는 거의 없다. 산세도 수더분

해 한국과 자연경관이 비슷하다. 최근 국내 유명 방송
에 소개되어 한국 관광객이 많이 오기는 하지만 2박 3
일 둘러보면 더는 볼 곳도 없다. 활동적인 사람이라면
심심하다고 느낄 수도 있다. 오히려 이런 점이 마음에
들었다. 야시장 주변만 벗어나면 인파도 적고 공기는
신선하고 햇빛도 맑았다. 오래 머물며 살기에 적합한
곳이다.

한국에서 못해 본 한가한 생활을 즐겼다. 느지막이
일어나 아침 먹고 호숫가로 걸어 나간다. 호수 주변 경
치 좋은 곳에는 어김없이 잘 차려입은 베트남 젊은 여인
들이 활짝 미소 지으며 사진 촬영을 하고 있다. 그들을
바라보는 것만으로도 같이 젊어지는 것 같다. 호수 둘
레를 마음 내키는 만큼 거닐다가 가까운 카페에 들어간
다. 달랏은 커피 산지이기도 해서 다양한 커피가 있다.
기분에 따라 코코넛밀크가 가득한 달콤한 커피, 아니면
쓰디쓴 커피를 마시기도 한다. 물결이 일렁이는 곳에
앉아 하염없이 물을 바라보다가, 출출해지면 근처 쌀국
숫집을 찾아 나선다. 점심 먹은 후 잠깐 다시 호텔로 들

어와 침대에 누워 뒹군다.

오후에는 가 보지 않은 골목길을 찾아 나선다. 지도를 뒤져 평점 좋은 카페를 찾다 보면 선물처럼 멋진 카페를 만나는 횡재도 있다. 저녁은 가능한 호사스러운 레스토랑에서 멋진 정찬을 즐긴다. 옛 프랑스 영향인지 달랏에는 근사한 서양 음식점이 더러 있다. 물가가 싸서 한국에서 못해 본 호사도 누릴 수 있다. 서울이나 홍콩에서라면 십만 원 가까울 최고급 호텔 애프터눈 티도 1~2만 원으로 즐길 수 있다.

우리 둘 다 베트남 말은 인사말 빼고 한마디도 모른다. 영어도 잘못하지만, 영어는 호텔에서만 통한다, 아쉬우면 번역기로 간신히 소통했다. 치안은 확실하지만, 외국이고 모든 게 낯설다 보니 하루 24시간 둘이 붙어 다닐 수밖에 없다. 46년 혼인 생활 중 제일 길게 함께 보낸 기간이었다. 밤에만 같이 있던 서울에서는 가끔 얼굴 붉힐 일이 있었는데 의외로 그곳에서는 거의 없었다. 서로가 서로를 '유일한 나의 편'이라 생각하니 믿고 의지할 수밖에 없었다.

달랏 한달살이는 좋은 경험이었다. 그렇지만 37일, 888시간 동안 붙어있어도 얼마든지 좋았다는 경험이 가장 새로웠다.

요즘 노부부 한달살이가 늘어나는 추세라고 한다. 우리 같은 부수 효과를 얻으려면 말이 통하지 않는 곳이 더욱 좋겠다. 서울에서는 '유일한 내 편'이라는 생각 못하고 살아왔다, 가장 가까운 사람을 존중하지 않고 어떻게 남은 세월을 살아가겠는가! 생각해 보니 춘향은 바

로 내 옆에 있었다. 뒤늦은 깨달음이다. '월남에서 돌아
온 새까만 아무개' 사람이 변했다고요? 그게 아니고요,
일편단심 춘향春香이의 사랑을 쑤언흐엉(春香)호수 어
딘가에서 배워 온 덕분이랍니다.

시칠리아, 영화의 추억과 함께

여행은 환상을 구체화하는 행위이다. 환상은 함께하는 사람 때문일 수도, 아니면 머릿속에 그려진 이미지 탓일 수도 있다.

지중해 시칠리아섬은 몇 개 영화 속 영상으로 기억되었다. 첫 기억은 짙은 바다색 하늘을 배경으로 풀포기도 거의 없는 황량하고 먼지 나는 시골길이다. 총을 멘 두 명의 경호원과 함께 어슬렁대던 뉴욕에서 온 청년이 순진한 처녀를 만나는 장면은 영화 대부에서 처음 본 시칠리아 풍경이다. 또 작은 성당에서 혼인미사를 올리고 웨딩 마치에 맞추어 내려오는 골목은 그 섬을 풍요롭지는 않지만, 낭만적인 섬으로 느끼게 해주었다.

두 번째 장면은 사뭇 다르다. 바다가 보이는 작은 읍의 낡은 영화관이 배경이다. 푸근해 보이는 늙은 영상기사가 어린 꼬마와 함께 나누는 영화에 대한 추억이다. 시네마 천국이라고 붙인 제목에 걸맞게 그 작은 거리의 이웃들은 모두 천국에 사는 사람들처럼 순박하였다. 건물 벽을 스크린 삼아 모두 함께 영화를 보는 장면이나, 영화의 키스 장면만 모아 편집한 영상을 보며 눈물짓는, 거장 영화감독이 된 과거의 꼬마가 가슴에 남는다. 이 기억은 시칠리아를 가보지 못한 고향마을처럼 느끼게 해주었다.

　마지막으로 영화 〈말레나〉는 도발적이다. 하이힐 신고 시라쿠사의 산타마리아 성당 광장을 또각또각 걸어가는 주인공을 쳐다보는 남자들의 이글거리는 눈빛이 기억난다. 검은 옷 입은 여인들의 시기심 가득 찬 눈길은 원초적인 육감과 더불어 건강하고 활기 있는 이미지를 생기게 하였다.

　2022년 가을, 코로나가 잦아들자 시칠리아 일주 여행에 따라나선 것은 이런 영화에서 만들어진 환상을 확인하기 위해 저지른 일탈이었다. 설명회에 참석해 보니 부부팀은 우리 포함 달랑 세 팀이었으며 나머지 18명은 모두 5~60대 여성들이었다. 오전에는 유적답사, 오후엔 관광과 자유시간, 아침 9시 숙소 출발 등 느슨한 일정이었지만, 오랜만의 여행이라 그마저도 쉽지는 않았다.

　제주도 열네 배라는 섬 동쪽 카타니아 공항에 내려 버스를 타고 시계방향으로 한 바퀴 도는 열흘간의 일정이다. 처음 며칠은 고대 그리스와 로마 시대 유적이 남아 있는 아그리젠토, 셀리눈테, 세제스타의 신전들, 그리스 극장 터, 아고라 등과 고고학 박물관을 들르는 지루

한 일정이다. 그리스·로마 신화나 성서 이야기에 관심
이 없는 내게는 모두 차이가 없어 보였다. 신전들의 광
장은 원형이 거의 남아있어 그리스보다 오히려 사진 남
기기 좋았다.

시칠리아의 주도 팔레르모도 몇 군데 성당과 중세풍
건물로 이루어진 상점과 카페 골목길을 둘러보았다. 팔
레르모에서 가장 인상 깊었던 것은 현지 연주회에 참석
하고 내려 온 마시모 극장 입구 계단이었다. 가을비 추
적거리는 중에 잘 차려입은 현지인들과 함께 쏟아져 내

려오면서 이 계단에서 촬영된 〈대부3〉의 마지막 장면이 떠올랐다. 딸의 암살 장면을 보고 절규하는 돈 꼴레오네의 얼굴.

사실 꼴레오네는 시칠리아섬 내륙에 있는 마피아 발상지인 작은 마을 이름이다. 영화에서는 마피아 가문 이름으로 바꾸어 나타낸 것이다. 해안을 따라 일주하는 관계로 내륙인 꼴레오네는 들리지 못했다. 마찬가지로 꼭 가고 싶었던 시네마 천국의 무대가 된 작은 마을 팔라조 아드리아노도 역시 빠졌다. 그만큼 시칠리아는 볼 게 많아 열흘로는 빠듯하다. 대신 나이 든 영사기사 알프레도가 마을 사람들을 위해 건물 벽에 영화를 틀었던 체팔루는 들렀다. 바람 부는 해변 낡은 집에는 형형색색 빨래들이 휘날리고 있어 오래전 나폴리를 떠 올리게 했다.

30년 전 나폴리 뒷골목에서 처음 먹은 토마토소스뿐인 파스타 맛을 여전히 그리워하는 나를 비웃듯, 이번 여행에는 매 끼니 가지각색 파스타가 서브 메뉴로 나왔다. 그러나 어느 레스토랑에서도 그때 먹은 그 식어 빠진 파스타의 오묘한 맛은 느낄 수 없었다. 다행히 설탕

을 듬뿍 넣은 진한 에스프레소는 휴게소에 선 채로 허겁
지겁 처음 마셔 본 옛날 그 맛과 다름없었다.

　이번 여행은 뒤로 갈수록 차츰 마음에 들어 타오르
미나의 골목길도 애트나 화산의 온통 검은 화산재도 볼
만하였다. 무엇보다 마지막에 들린 산골 마을 사보카를
잊을 수 없다. 사보카는 〈대부1〉에서 마이클이 시칠리
아 아가씨를 만나게 되고 결혼식을 올린 마을이다. 그
곳에는 마이클이 결혼 승낙을 받은 BAR 비텔리와 작은
성당이 영화에서처럼 남아있다.

　비텔리 바에서 에스프레소를 먹고 성당을 찾아 비탈
길을 올라가니 마침 젊은 한 쌍의 혼인미사가 영화 장면
처럼 막 끝나가고 있었다. 맨 앞에 브라스 밴드가 앞장
서서 웨딩 마치를 연주하고, 사제와 신랑 신부가 뒤따르
고, 하객들이 뒤따르고. 우리 일행은 하객들과 뒤섞여
마을 골목길을 따라 내려왔다. 어딘지 구슬픈 대부 주
제가도 연주되었다. 그날 시칠리아 커플의 웨딩 마치를
따라 내려오며 왠지 가슴이 뭉클해져 내 옆을 따라 같이
걷는 오래된 신부의 손을 땀이 나도록 꼭 잡았다.

여행 마지막 만찬을 여성들과 같은 테이블에서 하게
되었다. 사보카의 혼인미사 때문이겠지만, 그중 젊어
보이는 한 분이 우리를 보고, 다음 여행에는 자기도 꼭
부부 동반으로 오기로 했다고 말했다. 나와 아내는 하
이 파이브를 하며 "우리들의~ 연극은~~ 성공했어!" 큰
목소리로 외쳤다.

새벽에 깨어나는 싱가포르를 걷다

11월 중순 싱가포르의 주말 새벽, 동쪽이 밝아 온다. 한국보다 일출이 30분 정도 빠르다. 산책을 위해 호텔 뒷문으로 나가니 바로 멀라이언 상이 어두움 속에서 희뿌옇다. 부지런한 사진가들이 호수를 바라보고 있는 이 도시의 상징을 촬영한다. 물 뿜지 않는 멀라이언을 나도 휴대폰에 남긴다.

시계방향으로 다리를 통해 북쪽으로 향한다. 호수 반대편에는 배 모양의 마리나 베이 샌즈 호텔 옆으로 붉은 해가 막 떠오른다. 여기저기에서 일출을 촬영하느라 바쁘다. 야외공연장과 국경일 불꽃놀이를 위한 스탠드 옆길 따라 부지런히 걷는다. 연꽃이 반쯤 열린 모습의 아트 사이언스 박물관이 온통 붉은 하늘을 배경으로 우뚝서 있다.

다리 하나를 또 넘으니 만의 반대쪽에 있는 샌즈 호
텔 앞이다. 건물 입구는 거대한 유리문이고 벽도 온통
유리로 반짝인다. 이제 비로소 시내에서 가장 유명한
거리로 들어섰다. 호수 반대편 내가 묵은 오래된 호텔
이 그 웅장한 석조건물을 뽐내고 있다. 싱가포르 도시
전체가 아침햇살을 받으며 새벽에서 깨어나고 있었다.

언제 처음 싱가포르를 알게 되었을까?

어릴 적 부모님에게서 '일본의 싱가포르 함락'이라는
말을 들은 게 처음이었다. 먼 남쪽 야자수 위로 십자성
이 반짝이는 이국의 도시와 함락이라는 단어의 조합은
나에게는 좀 혼란스러웠다.

철들고 나서는 '아시아적 가치'를 주창한 싱가포르 초
대 수상과 '한국적 민주주의'를 외친 우리 대통령의 장
기집권이 비슷해 보였고, 그들의 정치적 유산이 자녀에

게까지 이어지는 유사성에 놀랐다.

　이런 이미지 탓일까? 싱가포르를 가고 싶다는 생각은 없었다. 이곳이 갑자기 의미를 가진 도시로 떠 오른 건 얼마 되지 않았다. 2018년 여름 김정은과 트럼프의 정상회담이 열린 다음이다. 회담을 한 센토사섬과 마리나 베이 근처의 숙소들은 전 세계의 주목을 받았다.

　싱가포르는 1965년 말레이 연방에서 독립할 때 4백 달러에 불과했던 소득이 그사이 150배가 되어 세계 최고 수준이 되었다. 초대 수상이 이끄는 정당이 거의 독식하는 선거제도로 지금 수상도 그의 아들이지만 공직사회 청렴도는 매우 높다. 모든 언론은 정부의 통제 아래 있으며 제일 큰 신문 및 방송사는 수상의 어머니가 소유하고 있다.

청렴하지만 언론자유 없는 사회, 일당 독재의 불완전한 정치체제를 가지고도 최상의 경제력을 가진 나라. 북미 정상회담 장소라는 상징성과 함께 모순돼 보이는 이런 체제에 대한 호기심이 이번 여행을 부추겼다.

일정을 위해 인터넷 검색을 했을 때 의외로 젊은 사람들 사이에서 이곳이 휴양지로 인기 있음을 알았다. 그러나 대부분 호텔 인피니티 풀에서 보는 야경과 밤의 레이저 쇼 이야기이고, 가끔 센토사섬의 리조트에 대한 것 정도가 있었다. 개중에는 야경 빼고는 볼만한 게 없고 그것조차 홍콩보다 훨씬 못하다는 혹평도 가끔 있었다.
결국 이곳은 리조트나 시내 호텔에서 수영하고 야경을 보기 위해 어린 자녀들을 데리고 가는 조금 편한 곳

정도로 이해가 됐다.

센토사섬은 아무래도 휴양지라 주중 한적한 때를 그곳에서 보내고 주말에 시내로 들어왔다. 마침 호텔을 마리나 베이 샌즈 호텔 반대편에서 묵는 바람에 밤에 호텔 발코니에서 야경과 레이저 쇼는 제대로 감상할 수 있었다. 그러나 내 경우에는 한 번 보면 충분하지 두세 번 볼 정도는 아니었고 야경도 홍콩보다는 한참 못 미친다는 생각이 들었다.

그동안 몇몇 유명한 지하 푸드코트에서 식사를 해 보니 현대식 건물 지하에 있는 왁자지껄한 먹거리 장터가 볼만했다. 물론 서울에도 지하에 푸드코트가 있지만 깔끔함을 추구하는 것에 비해 이곳은 중국 야시장 분위기였다. 음식의 종류도 중국 음식이 많았으나 인도 음식, 태국이나 베트남 등 동남아 음식, 일본, 한국, 서양 음식, 중동 음식 등 전 세계의 모든 음식 종류가 있었다. 홍콩처럼 이들도 집보다는 이런 곳에서 사 먹거나 아니면 포장해서 간단히 조리하는 것 같았다.

특이하게 더운 나라인데도 다양한 방한복을 팔고 있
어서 판매원에게 물어보니, 75%나 되는 중국계 주민들
이 겨울에 중국을 방문할 때 입기 위해 구매한다는 대답
이었다. 많은 싱가포르인이 그들의 고향에 투자하고 있
다는 말이 떠올랐다. 살기는 이곳에서 살지만, 마음은
아직도 고향에 머물고 있다는 반증이다.

도시 전체가 현대화한 차이나타운이라는 생각과 제
2의 홍콩이라는 생각도 들었다. 언젠가는 고향에 갈 꿈
을 꾸는 그들이 왜 싱가포르의 정치 상황에 관심이 많지

않은지 이해가 되기도 했다. 어쩌면 미래보다는 현재의 삶을 중시하는 중국인 특유의 실용주의가 끼친 영향일 수 있다.

샌즈 호텔 앞으로 들어서니 여러 무리의 조깅하는 사람들이 보인다. 다들 짧은 바지에 런닝이나 셔츠를 입고 현대화된 빌딩을 배경으로 새벽을 달리고 있다. 서울에서는 좀처럼 볼 수 없는 낯선 풍경이다. 자세히 보니 서양 사람들이 많았다. 아시아의 어느 도시에서도 이처럼 많은 조깅 인구를 보지 못했는데 이 도시의 개방화 척도를 보는 것 같았다.

최근에는 많은 수의 외국기업들이 그들의 아시아 본거지를 싱가포르에 두고 있다. 태평양과 인도양을 잇는 지정학적 이점도 있지만 높은 경제활동 자유도와 영어가 공용어인 점도 이들을 끌어들이고 있다는 후문이다. 호수 주변의 많은 고층빌딩과 인도에서 조깅하는 사람들을 보면서 중국 반환 이후 점점 혼란스러운 홍콩과 이곳 싱가포르의 미래가 대비돼 보였다.

가카라시마에서 보는 현해탄 파도

남의 나라 땅, 사람도 거의 살지 않는 섬, 해안가 황량한 동굴에서 태어나 임금에 오르고, 마침내 나라를 다시 강국으로 만든(更爲强國 갱위강국※) 왕이 있다.

지금부터 천 오백 년 전 이야기이다. 1971년 왕릉이 온전한 상태로 발굴되어 전국을 떠들썩하게 만든 무령왕(462년~523년, 재위 501년~523년) 이야기다. 그 임금이 태어난 곳이 일본 사가현 가라쓰(唐津) 앞바다에 있는 가카라시마(加唐島)이다.

무령왕과 가카라시마 이야기는 2013년 출간된 유홍준《나의 문화유산 답사기》일본 편에 실려 있었다고 하는데, 나는 못 읽었다. 1990년대 전국 종잇값을 올린 그의 국내 답사기는 빠짐없이 읽고 하다못해 식당까지 따라다녔지만, 2013년에는 싫증을 느끼고 있었다. 더구나 그때는 다른 것에 정신이 꽂혀 사서삼경을 열심히 읽던 중이었다.

몇 년 전 다른 사람 블로그에서 이 섬의 존재를 알게 된 나는 몹시 흥분되었다. 종교인들이 성지순례를 꿈꾸 듯이 언젠가 기회가 되면 꼭 그곳을 방문해 보리라 마음 먹었다.

몇 년 동안 마음속으로만 꿈꾸던 그곳을 2023년 봄 드디어 가보게 되었다. 온천마을과 규슈 올레길 코스를 걷고 나서 마지막 목적지는 가카라시마와 도요토미 히데요시가 조선 침략을 준비했다던 히젠 나고야 성터였다. 두 곳은 모두 가라쓰 북쪽 해안가인 요부코항 근처에 있었다. 나흘을 우레시노 온천에서 쉬고 나서 드디어 다섯째 날 아침 가라쓰로 출발하였다. 무령왕 탄생지를 보고 항구에서 20분 거리에 있다는 히젠 나고야성을 들를 예정이었다.

부랴부랴 12시쯤 요부코항에 도착했다. 하루에 단 네

번만 떠난다는 가카라시마행 여객선을 타기 위해 관광 안내소에 들렀다. 아뿔싸 이미 두 번째 배편은 오전 11시에 출항하였다. 다음 편은 오후 3시에 떠난단다. 그 배를 타고 섬에 들어가면 돌아오는 마지막 배편은 4시 30분이었다. 오후 5시 넘어 요부코항에 도착하면 히젠 나고야 성터는 어두워져서 찾기 어려울 것이다. 그렇다고 나고야 성터도 돌아보고 점심도 먹기에는 남은 시간이 부족했다. 결국 두 곳 중 한 곳을 포기해야 할 형편이다. 도요토미 유적을 포기할망정 백제를 포기하기는 싫었다.

점심을 느긋하게 먹고 바로 선착장에 나가 배를 타게 되었다. 정원이 40명쯤 돼 보이는 작은 통통 선이다. 주말이라 육지로 돌아오는 마지막 배편에 자리가 모자라면 어쩌나 하는 걱정에 왕복표를 끊었는데 결국 그건 기우에 불과했다.

주민이 200명도 안 된다는 섬에 20분 만에 도착했다. 섬 선착장에 한글로 "가카라시마에 오신 것을 환영합니다."라는 환영 문구가 보인다. 여기저기 무령왕 탄생지 가는 길 안내판이 있어 길을 물어볼 필요도 없었다. 왕이 태어났다는 오비야우라 포구로 가는 길에는 2006년 공주시민들이 세운 무령왕 탄생지 기념탑이 있었다. 산비탈길을 10여 분 올라가니 포구로 내려가는 가파른 계단이 나타난다. 계단 아래에 갓 난 무령을 씻겼다는 샘물이 보이고 자갈로 이루어진 자그마한 포구가 파도를 밀어내고 있었다.

그 옆 절벽 밑에 겨우 두세 사람이 비를 피할 정도의 동굴이 보이고 거기에 무령왕 탄생지라는 비석이 세워져 있었다. 금줄을 둘러놓기는 했지만, 너무 허술해 보

였다. 그나마 몇 년 전에 목제 팻말을 비석으로 바꾼 것
이라고 한다.

　국산 소주를 가져왔었으면 좋았겠다고 느끼면서 비
석에 절을 했다. 옆에 있는 새전함에도 천엔 짜리 지전
을 넣었다. 그렇게 무령왕 혼백에게 인사를 드리고 나
서 포구 주변을 둘러보았다. 천 오백 년 전 황급히 이 작
은 섬에 도착한 곤지 왕제와 무령왕 일행의 모습이 보이
는 듯했다.

　장수왕 남진으로 위협을 느낀 백제 개로왕은 왜倭와 군사협력이 절실하였다. 군사 외교를 위해 아우들 중 제일 용맹하고 야심 많은 곤지를 선택해서 왜로 보냈다. 기껏해야 백여 명 정도 되는 일행이 배 두세 척에 나눠 타고 이곳에 도착했을 것이다.

　한성 욱리하(한강)에서 출발해 서해안과 남해안을 경유하고 대마도를 거쳐 가장 가까운 왜 땅에 막 도착하였다. 적어도 한두 달은 걸렸을 테고 왜 땅이 눈앞에 보이자 안도했을 것이다. 그렇지만 낯선 왜인들에 대한 두려움도 있었을지 모른다.

　얼마나 다급했으면 본토에 상륙도 못 하고 이 작은 섬 동굴에서 몸을 풀었을까? 당시 백제군 실세였던 곤지는 어째서 아이를 밴 형수를 같이 가게 해달라고 요청했을까? 또 개로왕은 그런 곤지의 청을 덥석 수락해서 곤지가 아무 소리도 못 하고 떠나게 했을까?

　훗날 웅진에서 곤지의 아들인 동성왕이 죽은 뒤 나이 마흔의 무령왕은 왕위에 오른다. 개로, 곤지, 무령은 이 모든 수수께끼 같은 역사를 안고 있는 인물들이다.

지금도 오비야우라 포구에는 신라면 봉지나 삼다수
물병들이 심심치 않게 떠내려온다고 한다. 요부코항 옆
에는 겐카이(玄海)라는 곳이 있다. 겐카이 앞바다에서
현해탄玄海灘이라는 바다 이름이 유래되었다. 무령이
태어난 가카라시마 섬 오비야우라 포구에는 그날도 현
해탄의 파도가 들이치고 있었다.

※ 521년 무령왕이 중국 양나라에 보낸 국서에 백제가 고
　구려를 여러 번 격파하여 마침내 다시 강국이 되었다
　표현을 함. (累破句麗 更爲强國, 누파구려 갱위강국)

나오며

회령, 언제나
갈 수 있을까?

회령, 언제나 갈 수 있을까?

아버지는 함경북도 회령에서 혈혈단신으로 이남에 내려오셨다. 80년대 이산가족 찾기 방송이 한창일 때 아버지도 여의도에 피켓을 들고 나가셨다. 사연이 애절하지 않았던지. 아니면 운이 없으셨던지 방송에는 소개되지 못하셨다. 여의도에 근무하던 시절이었는데도 난 아버지의 그런 모습에 별 관심을 가지지 못했다. 여쭤보니 팔촌 형님을 찾는다고 하서서 그리 먼 친척을 왜 굳이 찾으려 하시나 하고 생각했었다.

나는 서울 중구 삼각동에서 태어났다. 어쩌다 빌딩으로 변해버린 그곳을 지나면 탯자리인 때문인지 감정이 묘하다. 태어난 곳이 고향이라면 그곳이 나의 고향이라고 할 수 있다. 그러나 오랜 우리 전통으로는 아버지와 조상들이 대를 이어 살아온 곳이 고향이다. 그런 의미에서 함경도 회령이 나의 고향이다. 태어나 겨우 몇 년 밖에 살지 않은 삼각동에서도 감회를 느끼는데, 가 보지 는 못했지만 수백 년 조상이 살아온 회령에 간다면 당연 히 느낌이 다를 것으로 생각한다. 우리 문중은 드문 성 씨이지만 회령에서는 8대 성에 속할 정도로 일가가 많 았다고 한다.

나는 양천 허씨 동주사공 파 제학공 지파 33세로 태어 났다. 우리 제학공파 시조는 20세 관(灌) 할아버지가 제 학 벼슬을 받아 중시조를 이루셨다. 또한 이분이 회령에 뿌리내리는 계기를 만드셨다. 임진왜란 때 왜장 가토 기 요마사(가등청정)에게 왕자 임해군과 순화군을 포로로 넘긴 민족 반역자인 순왜(順倭. 임란 당시 왜적에게 협 력한 조선인 친일파) 국경인(鞠景仁)을 토벌하러 회령 으로 오셨다. 대략 1592년 즈음이다. 그를 주살한 공로 로 호조좌랑과 제학(정2품)이라는 벼슬을 받았다. 나라 에서 할아버지를 기리는 사당인 현충사(顯忠祠)를 회령 에 세우고 숙종임금이 직접 현판을 사액했다.

20세 관(灌) 할아버지가 반역자를 토벌하는 무인(武

人)이었을 뿐 아니라 19대 억(億) 할아버지는 청송 첨사(종삼품 무관)를 지내셨고, 18대 경(璟) 할아버지는 대호군(종삼품 무관)을 지내셨다. 또한 21세 정도(貞度) 할아버지도 이괄의 난에 출전하여 두 번이나 승리하여 훈 일등을 받았다. 무을과로 급제하여 자헌대부(정2품)를 받으셨고, 함경도 명천에 있는 상열사(尙烈祠)에 배향되셨다. 이처럼 우리 가문은 대대로 무인 집안으로 당시 최전방인 회령에 정착하게 된 것이다.

내 고조되시는 29세 순(栒) 할아버지(1814년생)부터

손이 귀해, 증조 병(炳) 할아버지(1850년생), 조부 재홍(在鴻) 할아버지(1885년생), 아버지(1913년생), 이렇게 3대가 독자로 내려왔다. 내가 집안의 4대 종손인 셈이며, 그래서 아버지는 제일 가까운 친족이 8촌 형제였다. 아버지 8촌 형님 한 분이 이남에 내려왔다는 소문을 듣고 만나고 싶어 하였는데 끝내 만나지는 못했다. 아버지께 전해 들은 내 증조할아버지는 기운이 장사였고, 장수하셨다고 한다. 내 조부는 두만강 따라 뗏목으로 내려오는 백두산 목재를 취급하는 목재상이었다고 한다.

회령은 백두산 침엽수를 이용한 목재산업과 석탄 탄광이 많아 일제 강점기부터 번성한 공업도시였다. 역사적으로는 청나라와 교역을 하는 청시(淸市)가 매년 열리는 국경교역 도시였고, 근대 시기에도 만주 용정으로 가는 국도가 통과하고 함경선 철도가 통과하는 교통의 요지이다.

따라서 북간도나 용정으로 왕래하는 사람들이 많았다. 박경리의 소설 《토지》에서도 간도로 이주한 주인공 서희 일가가 회령을 통해 국내에 들어오는 장면이 종종

나온다. 후금을 개국한 누르하치의 본거지인 건주여진이 두만강 건너편이니 회령에는 누르하치와 관련된 설화가 있다. 또 여진족일 것으로 추정되는 재가승(在家僧) 집단부락이 회령읍 남쪽 산지인 창두면에 많았다고 한다.

90년부터 중국과 교류가 시작되어 92년에 국교가 수립되었다. 이때부터 만주 용정이나 백두산에 여행 가는 사람들이 종종 있었다. 난 회사생활에 바쁘다는 핑계로 아버지를 회령이 건너다보이는 만주 땅에 보내 드리지 못했다. 물론 나 자신이 가족과 처음 해외 여행한 것이

93년이었으니 해외여행이 손쉬운 시절은 분명 아니었
다. 그러나 아버지의 절절한 회한을 조금이라도 공감했
다면 어려운 일도 아니었다. 이제 와 생각하니 나는 참
무심한 아들놈이었다. 분명 아버지는 두만강 건너편에
서 회령을 바라볼 수 있다는 소식을 들으셨을 텐데 그곳
에 가고 싶다고 말씀하지 않으셨다.

아버지는 이북에서 첫 번 혼인하여 아들 둘을 두셨
다고 한다. 철저한 공산주의자였던 처가 식구들과 뜻이
안 맞아 헤어지고 이남으로 내려오셨다. 서울에 내려와
아버지가 새로 편찬한 족보에는 내가 33세 장손으로 기
록되어 있다. 혹시 북한에 남아있을지 모르는 배다른
형님들도 족보나 가문을 따진다면, 나는 아버지의 셋째
아들인 셈이다.

두만강 건너편에 가보지 못하신 아버지는 돌아가신
후 임진강 건너편 북한 땅이 바라보이는 곳에 묻혀 계신
다. 여행을 좋아하는 나는 너도나도 다 다녀온 백두산
이나 만주 용정을 아직 가보지 못했다. 아버지도 못 보

내 드린 내가 혼자 그리로 여행 가기에는 스스로 허락되
지 않는다.

그렇지만 언젠가는 두만강 건너에서 회령 땅을 바라
보고 싶다. 남북이 왕래할 수 있는 때가 내 당대에 올 수
있을까? 그렇게만 된다면 회령읍 5동 내 원적지나 창우

면에 있다는 우리 선산에 한 번 가볼 수 있으련만….

통일은커녕 자유로운 왕래도 아득하게 만드는 이 땅
의 위정자들이 원망스럽기도 하다.

작품해설

허광호 수필가 산문집 《오후 다섯 시 쉼표 하나》

-첫 산문집 출간을 축하드립니다

권남희 수필가
사)한국문인협회 수필분과회장
사)한국수필가협회 이사장

2018년 여름 한 남성의 전화를 받았습니다. 고집도 있고 자신감이 밴 목소리였습니다.

'수업을 듣고 싶은데 어느 곳으로 가야 하는지 알려달라'는 내용이었습니다.

허광호 유교철학박사는 그렇게 강남롯데수필 수업을 시작했습니다. 3개월 12주 프로그램에 매주 독서 수업이 있는데 독후감 정리를 깔끔하게 하여 모범을 보였습니다.

LG그룹 임원으로 퇴직하고 계열사 CEO도 역임한 능

력자답게 자기정리가 반듯한 면모를 보였습니다. 윤오영 선생에게 국어 수업을 듣기도 했으니 당연히 그의 제자라고 판단합니다.

1년 후 월간 한국수필로 등단하고 꾸준하게 공부를 해오고 있는 허광호 수필가의 첫 산문집(2026년 1월) 말미에 축하의 글을 올리게 되었습니다. 30편의 산문작품은 등단작품부터 여행과 소소한 일상적 터치까지 다양합니다.

허광호 작가는 호기심이 많아 시간을 쪼개 여행을 즐기며 세상을 떠돕니다. 그러다가 발표하는 그의 작품은 기대만큼 깊이를 갖거나 내면세계를 표출시키지 않아 의아한 마음이 컸습니다. 인생을 살아온 내공을 바탕으로 시간을 들여 집중하지 않는 이유가 무엇일까, 그만의 내면 문학이 아니라 태도의 문학같은 느낌이 들고 칼칼한 맛이 나지 않았습니다.

개인의 문학성보다 한 세대의 윤리적 평균값에 그치는 글이라며 한동안 나만의 융통성 없는 몇 가지 잣대에 매달렸습니다.

그러나 작가에 대한 이해가 없는 작품해설은 불가능

한 일이었습니다. 예술 평론을 할 자격을 갖춘 사람은 많지 않습니다. 보통은 작품해설이라 해야겠지요. 작가를 알아가기 위해 그가 살아온 시대를 이해하고 문화생태계를 파악하고 파생된 정서와 관습까지 알아야 합니다. 허광호 작가와 동시대를 겪은 살아 온 이로서 해설을 맡아 다행스럽습니다.

개발도상국에서 선진국으로 도약하기 위해 성장통을 앓던 한국사회의 중심에 섰던 허광호! 2000년대 이전 한국사회의 '남자다움'은 통일된 표준 자아가 지배적이었습니다. 말수는 적어야 하고 인내심이 강해야 하며 자기감정을 드러내지 않는 자가 대접받았습니다.

심리학 용어로 사회적 자아가 내면의 자아를 압도한 경우라 합니다.

개인보다 사회적 역할(임원, 가장, 조직인)이 먼저였습니다, 무의식에는 늘 '나'보다 '상황'이 앞서고 자기 고백은 약한 사람에게나 있다는 압박감이 지배적입니다.

이런 배경도 모른 채 깊이에의 강요를 하다니요.

파트리크 쥐스킨트의 소설 〈깊이에의 강요〉를 다시 읽고 생각했습니다, 미모의 젊은 여성 화가를 죽음에 이

르도록 한 '깊이가 없다'라는 평론이 얼마나 쓰레기 같은 잣대인지 모릅니다.

예술성에 깊이가 없다는 평을 듣고 좌절하며 그림을 그리지 않고 자신을 방치하다 죽은 젊은 화가는 우리의 모습입니다.

허광호 작가의 글은 담담하여 프랑스 소설가 알베르 카위의 산문에 가깝습니다. 카뮈의 소설은 부조리나 사회 모순을 짚어내는 실존주의 작가이지만 에세이에서는 끝까지 담담했습니다. 허광호 작가는 굴곡진 우리 시대의 초상화를 그릴 수도 있었겠지만 피천득의 〈한약방〉 같은 순박해 보이는 글이 장점입니다. 깊은 속마음을 드러내지 않은 채 단순함의 미학을 택한 작가.

감정을 드러내지 않는 침묵이 행간에 보입니다. 감정들은 얼비치기만 합니다.

독자가 '느끼게' 하지 '보여주지' 않는 글쓰기는, 자기 탐구와 실존적 고뇌에서 거리두기를 하고 있습니다. 작가를 개인으로만 읽으면 얕아 보입니다. 감정을 표출하지 않는 것이 미덕이었던 세대로 위치를 바꿉니다.

　질서와 배려에 익숙한 한국의 남성들은 자기 고백적 수필문학에서 신변잡기라며 거부감을 드러내기도 합니다. 문학이 사회 질서를 잡는 일에 동참하는 것인가요. 모순과 부조리의 세계를 흔들지 않는다고 일상의 평온함을 유지할 수는 없다고 봅니다.

　허광호 작가의 작품이 고민이 없는 것처럼 보이지만, 사실은 '고민을 표현하지 않는 법'을 가정교육과 사회생활을 통해 체화한 경우라 해야겠습니다. 내면의 고통과 갈등을 언어화하지 않는 습관은 베이비부머들의 경향입니다. 한국사회 특성으로 '침묵은 금이다.' 그런 교훈이 교실에 걸려있을 때였습니다.

　당시 SKY대학 출신도 아닌데 대기업 입사가 쉽지도 않았겠지요. 또한 임원까지 승진을 거듭하여 도달했다면 조직 적응능력과 자기통제력은 대단했을거로 판단합니다.

　아버지를 존경하는 허광호 작가는 자부심 또한 강합니다. 외모도 닮았고 품성도 물려받았다고 하면서 '닮고 싶은 아버지'라 다시 아버지를 기억합니다. 아버지 역시 장남을 무한대로 사랑하고 아끼며 기대를 걸었겠지요. 깊은 사랑이 묻어나고 삶의 지혜를 물려주는 관계. 아버지와 아들이 따뜻한 울리는 감동의 선율입니다. 아버지의 기대만큼은 아니어도 대기업에 입사하여 임원까지 올랐고 그런 모습을 아버지에게 보여드리고 싶었을 겁니다. 고인이 된 영화배우 안성기가 아들에게 보낸 편지에는 '착한 사람이 많아야 한다'고 했습니다. 세상의 모든 아버지는 아들이 善하게 살기를 바라고 있습니다.

오래된 앨범에 남아있는 아버지 스냅사진 생각이 났다. 1950년대 길거리 사진사들이 지나가는 사람을 몰래 촬영한 후, 그 사진을 강매하기도 했다. 내 부모님 사진첩에는 그런 스냅사진이 몇 장 있는데, 꾸미지 않은 자연스러운 모습이 생동감 있었다. 젊은 시절 아버지가 명동거리를 걷는 사진이나, 어린 나를 안고 고궁을 걷는 사진은 지금 보아도 멋있다. 호리호리한 몸매, 멋진 하이칼라 머리, 통 넓은 새빌로우 양복은 어디 내놓아도 손색없는 멋쟁이 신사다.

- 〈닮고 싶은 아버지〉 중에서

어릴 적 경험한 장소와 함께 생활한 친인척들에 대한 기억은 일생을 따라다니기도 합니다. 성인이 되어서도 이곳저곳에서 얼굴을 드러내고 툭툭 감정을 건드리기도 합니다. 어른이 되어 만나도 함께 했던 시간을 되돌리면서 대화의 물꼬를 트고 친밀함의 터전이 되기도 합니다. 방학이면 대가족처럼 사촌들이 모여 시간을 보냈으니 축복이었다고 여깁니다. 배려심과 어울림을 배우고 집안 어른들에 대한 예의와 따뜻함, 어울리던 사촌들에 대한 그리움이 때로 영화처럼 펼쳐지기도 합니다.

프랑스 작가 마르셀프루스트는 차의 향기와 마들렌의 맛에서 문득 기억을 되살려 16년동안 소설 7권의 대하작품을 만들어내기도 합니다. 기억, 시간에 얽힌 정서적 반영이었습니다.

한전에 근무했던 외삼촌은, 오류동 변전소 넓은 사택에서 사셨다. 매해 여름방학이면 나와 동생들 그리고 사

촌들은 그 집에서 몰려갔다. 평소에 방 두세 칸에 옹기
종기 모여 살다가 방학이 되면 이북에 있었다던 넓은 외
갓집 가듯 거기로 모였다. 어른들이 이삼일 머물고 서울
로 올라가면 우리만의 신나는 여름방학이 시작되었다.
외숙모님이 참 무던하셨다. 이집 저집 아이들이 열 명
이 넘었는데 그 뒤치다꺼리를 모두 했다. …나를 사랑했
던 어른들은 하나둘 떠나고 이제는 내가 어른이 되었다.
그러나 나는 아직도 그 빚을 하나도 못 갚고 어정거리며
내 한 몸 사는 것도 겨우 살아내고 있다.
- 〈나를 사랑했던 어른들은 떠나고〉 중에서

　한국의 사계절은 변화의 속도만큼 한국인을 생동감
있게 안내합니다. 봄 여름 가을 겨울의 생활이 문화생
태계를 다르게 하고 음식이나 옷차림 등 다양한 변모를
보입니다. 도시생활자는 얼었던 흙이 풀리는 무렵의 따
지기나 아지랑이도 모르겠지요.
　계절에 따라 우리는 적응력이 각각 다르다고 생각합
니다. 한국인 40% 이상이 봄을 좋아하는데 허광호 작가
역시 새로운 에너지를 봄에서 찾습니다. 잎샘, 꽃샘추

263

위도 아랑곳하지 않고 봄의 기운에서 힘을 얻으며 새로운 시작을 갈망하는 것입니다. 호기심이 강하여 겨우내 묵혔던 예술적 감수성을 꺼내고 도전받는 일에서 만족을 얻는 유형입니다.

허광호 작가는 긍정적이고 낙천적인 면이 강하여 변화를 추구하며 새로운 시작을 잘 받아들입니다. 사람들과의 관계도 잘 풀어가면서 기쁨을 찾습니다. 활동적이고 사교성을 중요하게 여깁니다.

1930년대 도회 감성과 지식인 면모를 보이던 작가 유진오를 한때 좋아했다. 작품 〈신경新京〉은 작가 겸 교수인 주인공이 졸업생 취업을 위해 만주 신경(장춘)으로 출장 간다. … 봄을 맞아 가로수 잎은 초록으로 반짝이고 종아리를 드러낸 젊고 쾌활한 여성들이 맨발에 구두를 신고 거리를 활보한다. 1940년 당시 조선에서는 잘 볼 수 없는 모습에 주인공은 신선한 충격을 받는다. … 강남 번화가에 갈 일이 있었다. 뒷골목에 젊은이들로 바글거린다. 주말 오후 젊음이 넘치는 거리 분위기가 마음에 들어, 나도 기분이 좋아졌다. 커피 한잔하려고 카페

에 들렀다. …칠십 넘은 지금도 강남 빌딩 숲 뒷골목에
서도 봄은 오고 있다. 내 앞에서 커피를 주문하는 그녀
들의 하이톤 웃음소리와 코트 자락 사이로 보이는 미끈
한 다리가 잘 어울리는 하이힐과 함께.

- 〈코트 자락 사이로 오는 봄〉 중에서

　허광호 작가는 낭만적 성향이 강하고 로맨티스트 감
성을 품고 있습니다. 온화하지만 봄꽃같이 화창하고
세련된 취향의 소유자이기 때문입니다. 미술에 조예
가 깊고 '영상시인'으로 유명한 자크 드미 감독이 1964
년 제작한 프랑스 영화 〈쉘부르(The umbrellas of
cherbourg)의 우산〉을 감상하고 엉뚱하게 노르망디 여
행을 계획합니다. 왜일까요. 감각적이고 눈썰미 최고인
허광호 작가에게 감동을 준 이 영화는 영상미가 뛰어납
니다. 쉘부르 곳곳은, 감독이 원하는 원색에 가까운 파
스텔톤 색채를 주민들이 허락해주어 벽을 색칠하고 촬
영했습니다. 앙리 마티스의 화풍에서 우산가게 색감의
영향을 받았다고 감독은 밝혔습니다. 허광호 작가의 예
리한 시선에 놀랐습니다. 프랑스와 전 세계에서 큰 사

265

랑을 얻었고 2016년 라라랜드 영화에도 영향을 주었습니다. 한국에서는 2019년 재개봉했는데 장면마다 색채 감각이 뛰어나고 특히 배우들이 입었던 옷은 크리스찬 디올이 디자인했습니다.

첫사랑의 마술에 걸리고 싶다면 가장 순수했으며 알제리 전쟁이라는 사회적 메시지도 던진 〈쉘부르The umbrellas of cherbourg의 우산〉을 추천합니다.

1950년대생인 우리 세대는 종로와 명동에 있던 음악 감상실 〈쉘부르〉가 영화보다 더 유명했다. …막연히 아름다운 영화였다는 기억만 있었다. 노르망디 해안 항구 쉘부르, 당대 미인 배우 카트리느 드뇌브 정도만 기억나는데, 다시 영화를 보니 모든 대사가 노래로 된 뮤지컬 장르 영화였다. …노르망디에 여행하고픈 마음이 생겼다. 어쩐지 쉘부르 해안은 비가 내려야만 좋을 것 같다. 그것도 주룩주룩 쏟아지면 더 좋겠다. 이제는 얼마든지 우산 쓰지 않고 내 두 어깨를 모두 적실 자신이 있는데…, 근처에 주제가로 이름 날린 영화 〈남과 여〉의 촬영지 도빌 해안도 있다고 한다.

- 〈노르망디에서는 우산을〉 중에서

허광호 작가는 언어영역은 전교 1등이었지만 수학에 약했습니다. 당시 학교생활은 전과목을 잘해야 좋은 대학을 가는 폐쇄적 구조였다고 할까요? 하지만 세계적 과학자《종의 기원》찰스 다윈도 수학 수준이 낮았습니다. 꼼꼼함이 부족해도 그렇다지만 표도르 도스토옙스키도 문학, 건축, 그림 등에 재능을 보였고 수학, 과학을 어려워했습니다. 반대로《이상한 나라의 앨리스》작가 루이스 캐롤은 수학자였습니다.

수학적 논리보다 언어, 예술 같은 직관적이고 포괄적인 학습에 강한 허광호 작가는 오히려 사회생활에서 그토록 힘들게 했던 수학이 전혀 쓰임새가 없어 황당해합니다. 언어에 재능을 보이는 집단은 창의성이 높고 호기심 덩어리들이지요. 행동 탐구 이상형이며 기존의 틀에 얽매이지 않고 새로운 관점으로 관찰하는 스타일입니다. 인생은 모든 부분을 잘해야 하는 것은 아니지 않은가요. 아무리 교육이 전인성을 목표로 한다지만 개인의 특성을 무시하는 일은 소모적인 사회의 단면입니다.

일방적이었던 한국의 교육열은 역기능을 품고 있었습니다. 허광호 작가는 수학을 못 해도 평균 이상으로 잘 살아냈던 자신에 만족하고 있습니다.

고3 올라와서 3월에 본 첫 모의고사가 끝났다. 국어 선생님은, "이 반에 허광호가 누구냐?" 물으셨다. "자네가 이번 모의고사 국어 성적이 전교에서 제일 좋아"하고 말씀하셨다. "이야 저 녀석이 그렇게 국어를 잘했어?" 친구 녀석들이 소리를 질렀다. …그 모의고사에서 내 수학 점수는 달랑 3점이었다. 480명 전교생 중에서 내가 제일 꼴찌였다. …초등학교 3학년 새 출석부 내 이름 옆에는 연필로 동그라미가 쳐져 있었다. 나 말고도 열대여섯 명 이름 앞에 똑같이 동그라미가 있었다. 지진아 표시였다. …줄기차게 따라다니던 내 인생의 훼방꾼 …회사 입사 시험은 전공과 영어로만 시험을 치렀다. …우리 사회는 중 고등학교 시절 모든 과목을 골고루 다 잘하는 종합형 수재를 요구한다.

- 〈내 인생의 훼방꾼〉 중에서

나무는 사람들에게 많은 선물을 합니다. 바람에 흔들리며 스치는 나뭇가지 소리, 겨울이면 간혹 눈 내린 풍경을 가지에 얹고 감동을 줍니다. 작가는 출퇴근 길에서 햇살을 받아 빛나는 잎사귀에 행복을 느끼며 오갑니다.

그러다 어느 날 문득 놀랍니다. 우뚝 자랐으니까요. 늘 그 자리에 그렇게 있으니 느끼지 못했던 시간을 품고 기다림을 알게 하는 나무입니다. 그 모습에서 직장 상사 한 분을 기억해냅니다. 업무실적을 따지지 않은 채 바라보고 품어주었던 분을 따르며 자신도 그렇게 되기를 꿈꾸었던 시간입니다.

출근길 굵은 둥치와 무성한 잎을 펼치고 있는 나무를 올려보니, 내가 존경하는 직장 대선배 생각이 났다. 언제나 모두를 따듯하게 품어주던 그 선배처럼, 잘 자란 플라타너스는 넉넉한 그늘을 만들어 주고 있었다.⋯기획팀장인 나는 사장을 매일 만나야 하는 직책이라 몹시 긴장했다. 보름에 걸쳐 각 부문, 각 공장 업무보고가 진행되었다. ⋯사장은 목소리도 높이지 않았지만 독특한 언어 습관이 있었다. 그것은 "응, 그래⋯, 그렇구나⋯" 였다. … 회사 분위기가 몇 달 지나지 않아 바뀌기 시작했고 덩달아 실적도 좋아졌다. 사장은 경영이 아무리 어려워도 정리해고는 하지 않았다. … 직원 성장을 위한 다양한 교육 프로그램을 만들었다. …최고의 경영 능력은 판단력이나 의사결정 능력이 아니라 마음 챙김과 인재가 잘 클 때까지 기다려 주는 인내심이었다.

- 〈응 그래…, 그렇구나〉 중에서

인생의 고비를 슬기롭게 넘기고 담담하게 돌아보는 내용입니다.

평생직장이라 여기며 믿고 다니던 회사에서 해고를 통보받으면 충격은 말할 수 없습니다. 자신과 가족까지 감당이 안 될 수도 있습니다. 눈앞이 캄캄한 상황을 어떻게 헤쳐나갈 것인가요? 49세에 해고 통보를 받았으니 몸으로 말하면 허리에 걸린 나이입니다. 하루로 표현하면 늦은 오후입니다. 곤혹스럽고 좌절감도 밀려들지요. 해고는 예고하지 않고 갑작스럽게 누구에게나 닥쳐올 수 있습니다. 미국의 〈인 디 에어(UP IN THE Air)〉 영화는 Walter Kirn의 동명소설로 제작했고 실제 해고된

일반인들이 상당수 출연해서 더 진실한 반응을 얻었습니다. 영화에는 해고 전문가 (조지 클루니)가 출연합니다. 그러나 아이러니하게도 해고 전문가 역시 해고 위기에 처하는 일을 겪게 됩니다. 결코 남의 일이 아니며 한 가정의 가장은 고스란히 그 고통을 겪으며 헤쳐나가야 합니다. 위기가 기회라는 허울 좋은 말도 있지만, 낙천적이고 긍정적인 성격의 허광호 작가는 국토 걷기 여행을 떠납니다. 걷기는 생각을 정리하고 앞으로 어떻게 살아갈 것인가 다듬을 시간을 벌 수 있게 합니다.

나이 마흔아홉 겨울, 평생직장이라고 생각했던 곳에서 해임 통보를 받았다.…몇 해 전부터 마음속으로 벼르기만 했던 국토걷기 여행 생각이 났다. 여행 경로는 진작부터 진주에서 거창 김천 문경 충주로 올라오는 3번 국도를 생각해 두고 있었다.…수안보 온천에서 미륵리 석불, 송계계곡을 경유해서 청풍, 단양까지 2박 3일 예행 걷기를 했다.…여드레 동안 무사히 걷기 여행을 마친 다음 날 김천역에서 열차 타고 서울로 출발하였다. 이삼일 후에 다시 와서 여행을 계속한다는 생각이

었는데, 그해 2월 말에 새로운 일을 시작했다.…그 시간
이 내 인생에서 중요한 고비였다는 건 요즘에 와서 느
끼는 감정이다.

- 〈지금도 3번 국도를 걷는다〉 중에서

2019년부터 전 세계에 몰아친 코로나 사태는 사회를
변형시켰습니다. 그 많던 회식문화와 모임들이 줄어들
었고 상점들은 문을 닫았습니다. 한동안 사람들은 이러
다 곧 끝나겠지. 기다렸지만 2년이 넘어가고 있었습니
다. 수업도 간격을 유지해야 하고 식당에서도 칸막이를
두고 밥을 먹었습니다, 자가격리를 할 때는 집에서 마스
크를 쓰고 가족 간에도 거리두기를 했습니다. 거리두기
는 때로 작가의 마음가짐을 객관적으로 만들어 줍니다.
그는 칩거를 통한 한거閑居의 사례를 말하면서 그것을
계기로 글쓰기 단련 시간을 다짐합니다. 시간을 어떻게
쓰느냐에 따라 개인도 위대함을 보여주고 사회적으로
엄청난 변화를 가져오게 된다는 성찰을 말합니다.

거의 오십 년 만의 한거閑居이다.…코로나19가 내 가

까이에 웅크리고 있었다. …당분간은 집에만 있기로 했다. …《감옥으로부터의 사색》의 저자 신영복 교수는 경제학자인데 20년간 수감 생활 중 한문을 익혀 동양고전을 원전으로 능숙하게 읽을 수 있게 되었다. 시경부터 한시 당시 등을 번역한 《중국역대시가선집》(전4권)을 번역 출간하기도 했다. 이처럼 개인이 한가한 시간을 어떻게 활용하느냐에 따라서 그 기회가 개인뿐 아니라 사회적으로도 유용한 자산으로 변할 수 있다.…코로나19 유행이 끝나기를 기다리지 말고 매일 아침 단정히 옷을 갈아입고 내 방으로 출근해야겠다. 그사이 못 읽은 책도 열심히 보고 글쓰기 수련도 해야겠다.

- 〈불안으로부터의 보상〉 중에서

허광호 작가의 글을 읽다 보면 마음이 맑아집니다. 독자에게 깊이를 강요하지 않고 알게 모르게 스며드는 의도적 장치들이 걸리지 않습니다. 한없이 무해하고 맑은 문장이 '그렇구나'를 연발하게 합니다.

한겨울 무를 먹는 열 가지 방법이 떠오릅니다. 하얗기만 한 채 특별한 맛도 갖고 있지 않은 무는 요리를 만들어내는 이에 따라, 그것을 먹는 사람에 따라 시시각각 반응이 달라집니다. 청양고추 한 가지 들어간 뜨거운 뭇국을 먹으며 시원하다를 연발합니다. 무가 발산하는 매력입니다.

허광호 작품, 그 무맛의 싱거움과 가벼움에서 다양한 각도의 깊이 있는 읽기를 시도합니다.

감정은 있으나 노출되지 않고 평면적으로 보이나, 절제된 안정감을 놓치지 않습니다.

'성찰이 없기보다' 성찰을 핑계로 남의 생각을 덧붙이는 일을 함부로 하지 않는 작가입니다.

일본 소설가 가와바타 야스나리 후기 산문이 그렇습니다. 프랑스 문예사조의 영향을 받아 표현주의와 퀴비즘으로 아름다움을 추구했던 젊은 시절과 달리 후기 문장은 함축적이면서 감정을 절제합니다. 문장 흐름은 섬세하며 정서는 여백에 숨겨놓습니다. 1968년 일본인 최초 노벨문학상 수상자였는데 일본 고유의 미의식을 세계에 알렸다는 점을 인정받았다고 합니다.

이제 세대가 달라졌어도 DNA에 흐르는 한국인의 미

의식을 찾아 k-문학을 도마에 올려야겠지요. 오랫동안 외면했던 은근함과 끈기, 결기와 반전 그런 것들일지도 모릅니다.

'나는 읽는다.' 이렇게 주어와 술어만 써도 긴장과 함축의 맛을 던지게 됩니다. 쓰지 않아도 계산된 표현을 읽는 고급독자들은 많습니다.

두 번째 작품집 출간에 기대를 걸면서,
허광호 작가의 첫 산문집《오후 5시 쉼표 하나》의 섬세한 읽기를 희망합니다.

2026년 1월